This journal belongs to:

_____

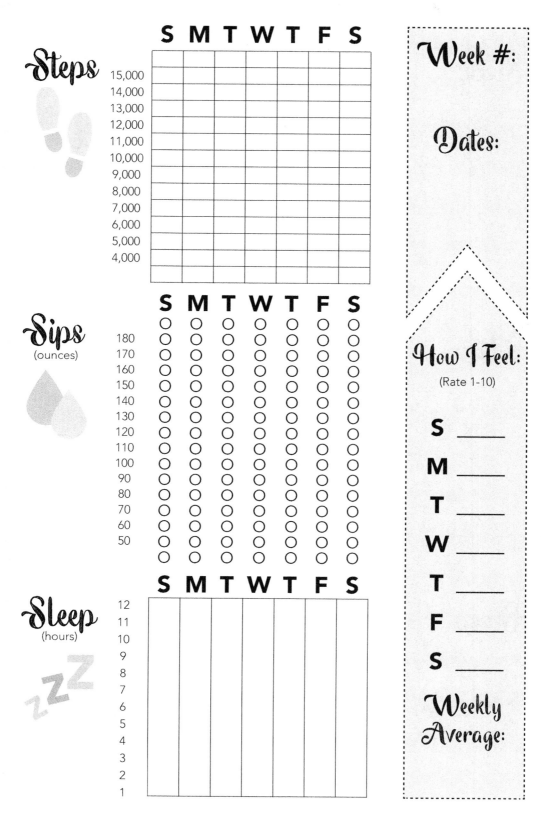

Steps

	S	M	T	W	T	F	S
15,000							
14,000							
13,000							
12,000							
11,000							
10,000							
9,000							
8,000							
7,000							
6,000							
5,000							
4,000							

Sips
(ounces)

	S	M	T	W	T	F	S
180	○	○	○	○	○	○	○
170	○	○	○	○	○	○	○
160	○	○	○	○	○	○	○
150	○	○	○	○	○	○	○
140	○	○	○	○	○	○	○
130	○	○	○	○	○	○	○
120	○	○	○	○	○	○	○
110	○	○	○	○	○	○	○
100	○	○	○	○	○	○	○
90	○	○	○	○	○	○	○
80	○	○	○	○	○	○	○
70	○	○	○	○	○	○	○
60	○	○	○	○	○	○	○
50	○	○	○	○	○	○	○
	○	○	○	○	○	○	○

Sleep
(hours)

	S	M	T	W	T	F	S
12							
11							
10							
9							
8							
7							
6							
5							
4							
3							
2							
1							

Week #:

Dates:

How I Feel:
(Rate 1-10)

S _____

M _____

T _____

W _____

T _____

F _____

S _____

Weekly Average:

Steps

	S	M	T	W	T	F	S
15,000							
14,000							
13,000							
12,000							
11,000							
10,000							
9,000							
8,000							
7,000							
6,000							
5,000							
4,000							

Sips
(ounces)

	S	M	T	W	T	F	S
180	○	○	○	○	○	○	○
170	○	○	○	○	○	○	○
160	○	○	○	○	○	○	○
150	○	○	○	○	○	○	○
140	○	○	○	○	○	○	○
130	○	○	○	○	○	○	○
120	○	○	○	○	○	○	○
110	○	○	○	○	○	○	○
100	○	○	○	○	○	○	○
90	○	○	○	○	○	○	○
80	○	○	○	○	○	○	○
70	○	○	○	○	○	○	○
60	○	○	○	○	○	○	○
50	○	○	○	○	○	○	○

Sleep
(hours)

	S	M	T	W	T	F	S
12							
11							
10							
9							
8							
7							
6							
5							
4							
3							
2							
1							

Week #:

Dates:

How I Feel:
(Rate 1-10)

S ____

M ____

T ____

W ____

T ____

F ____

S ____

Weekly Average:

Steps

	S	M	T	W	T	F	S
15,000							
14,000							
13,000							
12,000							
11,000							
10,000							
9,000							
8,000							
7,000							
6,000							
5,000							
4,000							

Sips
(ounces)

	S	M	T	W	T	F	S
180	○	○	○	○	○	○	○
170	○	○	○	○	○	○	○
160	○	○	○	○	○	○	○
150	○	○	○	○	○	○	○
140	○	○	○	○	○	○	○
130	○	○	○	○	○	○	○
120	○	○	○	○	○	○	○
110	○	○	○	○	○	○	○
100	○	○	○	○	○	○	○
90	○	○	○	○	○	○	○
80	○	○	○	○	○	○	○
70	○	○	○	○	○	○	○
60	○	○	○	○	○	○	○
50	○	○	○	○	○	○	○
	○	○	○	○	○	○	○

Sleep
(hours)

	S	M	T	W	T	F	S
12							
11							
10							
9							
8							
7							
6							
5							
4							
3							
2							
1							

Week #:

Dates:

How I Feel:
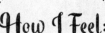
(Rate 1-10)

S _____
M _____
T _____
W _____
T _____
F _____
S _____

Weekly Average:

Steps

	S	M	T	W	T	F	S
15,000							
14,000							
13,000							
12,000							
11,000							
10,000							
9,000							
8,000							
7,000							
6,000							
5,000							
4,000							

Sips (ounces)

	S	M	T	W	T	F	S
180	○	○	○	○	○	○	○
170	○	○	○	○	○	○	○
160	○	○	○	○	○	○	○
150	○	○	○	○	○	○	○
140	○	○	○	○	○	○	○
130	○	○	○	○	○	○	○
120	○	○	○	○	○	○	○
110	○	○	○	○	○	○	○
100	○	○	○	○	○	○	○
90	○	○	○	○	○	○	○
80	○	○	○	○	○	○	○
70	○	○	○	○	○	○	○
60	○	○	○	○	○	○	○
50	○	○	○	○	○	○	○
	○	○	○	○	○	○	○

Sleep (hours)

	S	M	T	W	T	F	S
12							
11							
10							
9							
8							
7							
6							
5							
4							
3							
2							
1							

Week #:

Dates:

How I Feel:
(Rate 1-10)

S ____
M ____
T ____
W ____
T ____
F ____
S ____

Weekly Average:

Steps

	S	M	T	W	T	F	S
15,000							
14,000							
13,000							
12,000							
11,000							
10,000							
9,000							
8,000							
7,000							
6,000							
5,000							
4,000							

Sips (ounces)

	S	M	T	W	T	F	S
180	○	○	○	○	○	○	○
170	○	○	○	○	○	○	○
160	○	○	○	○	○	○	○
150	○	○	○	○	○	○	○
140	○	○	○	○	○	○	○
130	○	○	○	○	○	○	○
120	○	○	○	○	○	○	○
110	○	○	○	○	○	○	○
100	○	○	○	○	○	○	○
90	○	○	○	○	○	○	○
80	○	○	○	○	○	○	○
70	○	○	○	○	○	○	○
60	○	○	○	○	○	○	○
50	○	○	○	○	○	○	○

Sleep (hours)

	S	M	T	W	T	F	S
12							
11							
10							
9							
8							
7							
6							
5							
4							
3							
2							
1							

Week #:

Dates:

How I Feel:

(Rate 1-10)

S _____

M _____

T _____

W _____

T _____

F _____

S _____

Weekly Average:

Steps

	S	M	T	W	T	F	S
15,000							
14,000							
13,000							
12,000							
11,000							
10,000							
9,000							
8,000							
7,000							
6,000							
5,000							
4,000							

Sips
(ounces)

	S	M	T	W	T	F	S
180	○	○	○	○	○	○	○
170	○	○	○	○	○	○	○
160	○	○	○	○	○	○	○
150	○	○	○	○	○	○	○
140	○	○	○	○	○	○	○
130	○	○	○	○	○	○	○
120	○	○	○	○	○	○	○
110	○	○	○	○	○	○	○
100	○	○	○	○	○	○	○
90	○	○	○	○	○	○	○
80	○	○	○	○	○	○	○
70	○	○	○	○	○	○	○
60	○	○	○	○	○	○	○
50	○	○	○	○	○	○	○

Sleep
(hours)

	S	M	T	W	T	F	S
12							
11							
10							
9							
8							
7							
6							
5							
4							
3							
2							
1							

Week #:

Dates:

How I Feel:
(Rate 1-10)

S _____

M _____

T _____

W _____

T _____

F _____

S _____

Weekly Average:

Steps

	S	M	T	W	T	F	S
15,000							
14,000							
13,000							
12,000							
11,000							
10,000							
9,000							
8,000							
7,000							
6,000							
5,000							
4,000							

Sips
(ounces)

	S	M	T	W	T	F	S
180	O	O	O	O	O	O	O
170	O	O	O	O	O	O	O
160	O	O	O	O	O	O	O
150	O	O	O	O	O	O	O
140	O	O	O	O	O	O	O
130	O	O	O	O	O	O	O
120	O	O	O	O	O	O	O
110	O	O	O	O	O	O	O
100	O	O	O	O	O	O	O
90	O	O	O	O	O	O	O
80	O	O	O	O	O	O	O
70	O	O	O	O	O	O	O
60	O	O	O	O	O	O	O
50	O	O	O	O	O	O	O
	O	O	O	O	O	O	O

Sleep
(hours)

	S	M	T	W	T	F	S
12							
11							
10							
9							
8							
7							
6							
5							
4							
3							
2							
1							

Week #:

Dates:

How I Feel:
(Rate 1-10)

S _____

M _____

T _____

W _____

T _____

F _____

S _____

Weekly Average:

Steps

	S	M	T	W	T	F	S
15,000							
14,000							
13,000							
12,000							
11,000							
10,000							
9,000							
8,000							
7,000							
6,000							
5,000							
4,000							

Sips
(ounces)

	S	M	T	W	T	F	S
180	O	O	O	O	O	O	O
170	O	O	O	O	O	O	O
160	O	O	O	O	O	O	O
150	O	O	O	O	O	O	O
140	O	O	O	O	O	O	O
130	O	O	O	O	O	O	O
120	O	O	O	O	O	O	O
110	O	O	O	O	O	O	O
100	O	O	O	O	O	O	O
90	O	O	O	O	O	O	O
80	O	O	O	O	O	O	O
70	O	O	O	O	O	O	O
60	O	O	O	O	O	O	O
50	O	O	O	O	O	O	O
	O	O	O	O	O	O	O

Sleep
(hours)

	S	M	T	W	T	F	S
12							
11							
10							
9							
8							
7							
6							
5							
4							
3							
2							
1							

Week #:

Dates:

How I Feel:
(Rate 1-10)

S _____
M _____
T _____
W _____
T _____
F _____
S _____

Weekly Average:

Steps

	S	M	T	W	T	F	S
15,000							
14,000							
13,000							
12,000							
11,000							
10,000							
9,000							
8,000							
7,000							
6,000							
5,000							
4,000							

Sips
(ounces)

	S	M	T	W	T	F	S
	○	○	○	○	○	○	○
180	○	○	○	○	○	○	○
170	○	○	○	○	○	○	○
160	○	○	○	○	○	○	○
150	○	○	○	○	○	○	○
140	○	○	○	○	○	○	○
130	○	○	○	○	○	○	○
120	○	○	○	○	○	○	○
110	○	○	○	○	○	○	○
100	○	○	○	○	○	○	○
90	○	○	○	○	○	○	○
80	○	○	○	○	○	○	○
70	○	○	○	○	○	○	○
60	○	○	○	○	○	○	○
50	○	○	○	○	○	○	○
	○	○	○	○	○	○	○

Sleep
(hours)

	S	M	T	W	T	F	S
12							
11							
10							
9							
8							
7							
6							
5							
4							
3							
2							
1							

Week #:

Dates:

How I Feel:
(Rate 1-10)

S _____

M _____

T _____

W _____

T _____

F _____

S _____

Weekly Average:

Steps

	S	M	T	W	T	F	S
15,000							
14,000							
13,000							
12,000							
11,000							
10,000							
9,000							
8,000							
7,000							
6,000							
5,000							
4,000							

Sips
(ounces)

	S	M	T	W	T	F	S
180	○	○	○	○	○	○	○
170	○	○	○	○	○	○	○
160	○	○	○	○	○	○	○
150	○	○	○	○	○	○	○
140	○	○	○	○	○	○	○
130	○	○	○	○	○	○	○
120	○	○	○	○	○	○	○
110	○	○	○	○	○	○	○
100	○	○	○	○	○	○	○
90	○	○	○	○	○	○	○
80	○	○	○	○	○	○	○
70	○	○	○	○	○	○	○
60	○	○	○	○	○	○	○
50	○	○	○	○	○	○	○
	○	○	○	○	○	○	○

Sleep
(hours)

	S	M	T	W	T	F	S
12							
11							
10							
9							
8							
7							
6							
5							
4							
3							
2							
1							

Week #:

Dates:

How I Feel:
(Rate 1-10)

S _____

M _____

T _____

W _____

T _____

F _____

S _____

Weekly Average:

Steps

	S	M	T	W	T	F	S
15,000							
14,000							
13,000							
12,000							
11,000							
10,000							
9,000							
8,000							
7,000							
6,000							
5,000							
4,000							

Sips
(ounces)

	S	M	T	W	T	F	S
180	O	O	O	O	O	O	O
170	O	O	O	O	O	O	O
160	O	O	O	O	O	O	O
150	O	O	O	O	O	O	O
140	O	O	O	O	O	O	O
130	O	O	O	O	O	O	O
120	O	O	O	O	O	O	O
110	O	O	O	O	O	O	O
100	O	O	O	O	O	O	O
90	O	O	O	O	O	O	O
80	O	O	O	O	O	O	O
70	O	O	O	O	O	O	O
60	O	O	O	O	O	O	O
50	O	O	O	O	O	O	O
	O	O	O	O	O	O	O

Sleep
(hours)

	S	M	T	W	T	F	S
12							
11							
10							
9							
8							
7							
6							
5							
4							
3							
2							
1							

Week #:

Dates:

How I Feel:
(Rate 1-10)

S _____
M _____
T _____
W _____
T _____
F _____
S _____

Weekly Average:

Steps

	S	M	T	W	T	F	S
15,000							
14,000							
13,000							
12,000							
11,000							
10,000							
9,000							
8,000							
7,000							
6,000							
5,000							
4,000							

Sips
(ounces)

	S	M	T	W	T	F	S
180	○	○	○	○	○	○	○
170	○	○	○	○	○	○	○
160	○	○	○	○	○	○	○
150	○	○	○	○	○	○	○
140	○	○	○	○	○	○	○
130	○	○	○	○	○	○	○
120	○	○	○	○	○	○	○
110	○	○	○	○	○	○	○
100	○	○	○	○	○	○	○
90	○	○	○	○	○	○	○
80	○	○	○	○	○	○	○
70	○	○	○	○	○	○	○
60	○	○	○	○	○	○	○
50	○	○	○	○	○	○	○
	○	○	○	○	○	○	○

Sleep
(hours)

	S	M	T	W	T	F	S
12							
11							
10							
9							
8							
7							
6							
5							
4							
3							
2							
1							

Week #:

Dates:

How I Feel:
(Rate 1-10)

S _____

M _____

T _____

W _____

T _____

F _____

S _____

Weekly Average:

Steps

	S	M	T	W	T	F	S
15,000							
14,000							
13,000							
12,000							
11,000							
10,000							
9,000							
8,000							
7,000							
6,000							
5,000							
4,000							

Sips
(ounces)

	S	M	T	W	T	F	S
180	○	○	○	○	○	○	○
170	○	○	○	○	○	○	○
160	○	○	○	○	○	○	○
150	○	○	○	○	○	○	○
140	○	○	○	○	○	○	○
130	○	○	○	○	○	○	○
120	○	○	○	○	○	○	○
110	○	○	○	○	○	○	○
100	○	○	○	○	○	○	○
90	○	○	○	○	○	○	○
80	○	○	○	○	○	○	○
70	○	○	○	○	○	○	○
60	○	○	○	○	○	○	○
50	○	○	○	○	○	○	○
	○	○	○	○	○	○	○

Sleep
(hours)

	S	M	T	W	T	F	S
12							
11							
10							
9							
8							
7							
6							
5							
4							
3							
2							
1							

Week #:

Dates:

How I Feel:
(Rate 1-10)

S _____
M _____
T _____
W _____
T _____
F _____
S _____

Weekly Average:

Steps

	S	M	T	W	T	F	S
15,000							
14,000							
13,000							
12,000							
11,000							
10,000							
9,000							
8,000							
7,000							
6,000							
5,000							
4,000							

Sips (ounces)

	S	M	T	W	T	F	S
180	O	O	O	O	O	O	O
170	O	O	O	O	O	O	O
160	O	O	O	O	O	O	O
150	O	O	O	O	O	O	O
140	O	O	O	O	O	O	O
130	O	O	O	O	O	O	O
120	O	O	O	O	O	O	O
110	O	O	O	O	O	O	O
100	O	O	O	O	O	O	O
90	O	O	O	O	O	O	O
80	O	O	O	O	O	O	O
70	O	O	O	O	O	O	O
60	O	O	O	O	O	O	O
50	O	O	O	O	O	O	O

Sleep (hours)

	S	M	T	W	T	F	S
12							
11							
10							
9							
8							
7							
6							
5							
4							
3							
2							
1							

Week #:

Dates:

How I Feel:
(Rate 1-10)

S ____

M ____

T ____

W ____

T ____

F ____

S ____

Weekly Average:

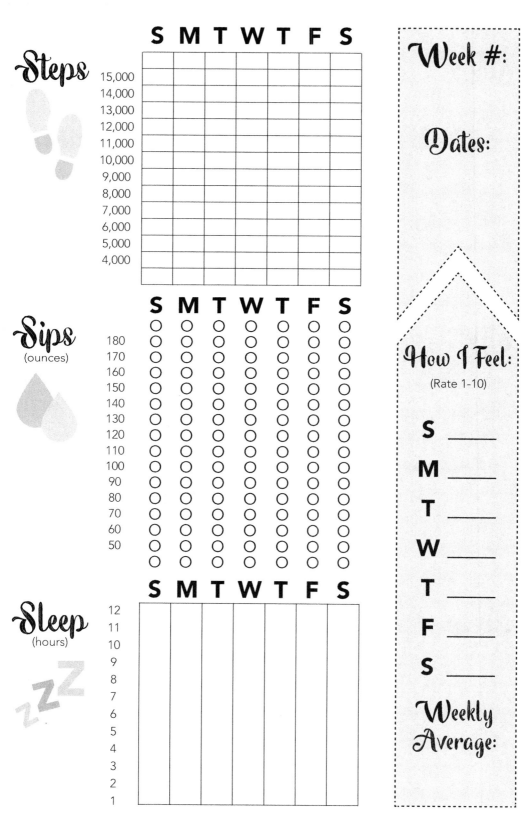

Steps

	S	M	T	W	T	F	S
15,000							
14,000							
13,000							
12,000							
11,000							
10,000							
9,000							
8,000							
7,000							
6,000							
5,000							
4,000							

Sips
(ounces)

S M T W T F S

180
170
160
150
140
130
120
110
100
90
80
70
60
50

Sleep
(hours)

	S	M	T	W	T	F	S
12							
11							
10							
9							
8							
7							
6							
5							
4							
3							
2							
1							

Week #:

Dates:

How I Feel:
(Rate 1-10)

S _____

M _____

T _____

W _____

T _____

F _____

S _____

Weekly Average:

Steps

	S	M	T	W	T	F	S
15,000							
14,000							
13,000							
12,000							
11,000							
10,000							
9,000							
8,000							
7,000							
6,000							
5,000							
4,000							

Sips
(ounces)

	S	M	T	W	T	F	S
180	○	○	○	○	○	○	○
170	○	○	○	○	○	○	○
160	○	○	○	○	○	○	○
150	○	○	○	○	○	○	○
140	○	○	○	○	○	○	○
130	○	○	○	○	○	○	○
120	○	○	○	○	○	○	○
110	○	○	○	○	○	○	○
100	○	○	○	○	○	○	○
90	○	○	○	○	○	○	○
80	○	○	○	○	○	○	○
70	○	○	○	○	○	○	○
60	○	○	○	○	○	○	○
50	○	○	○	○	○	○	○
	○	○	○	○	○	○	○

Sleep
(hours)

	S	M	T	W	T	F	S
12							
11							
10							
9							
8							
7							
6							
5							
4							
3							
2							
1							

Week #:

Dates:

How I Feel:
(Rate 1-10)

S _____

M _____

T _____

W _____

T _____

F _____

S _____

Weekly Average:

Steps

	S	M	T	W	T	F	S
15,000							
14,000							
13,000							
12,000							
11,000							
10,000							
9,000							
8,000							
7,000							
6,000							
5,000							
4,000							

Sips
(ounces)

	S	M	T	W	T	F	S
180	○	○	○	○	○	○	○
170	○	○	○	○	○	○	○
160	○	○	○	○	○	○	○
150	○	○	○	○	○	○	○
140	○	○	○	○	○	○	○
130	○	○	○	○	○	○	○
120	○	○	○	○	○	○	○
110	○	○	○	○	○	○	○
100	○	○	○	○	○	○	○
90	○	○	○	○	○	○	○
80	○	○	○	○	○	○	○
70	○	○	○	○	○	○	○
60	○	○	○	○	○	○	○
50	○	○	○	○	○	○	○
	○	○	○	○	○	○	○

Sleep
(hours)

	S	M	T	W	T	F	S
12							
11							
10							
9							
8							
7							
6							
5							
4							
3							
2							
1							

Week #:

Dates:

How I Feel:
(Rate 1-10)

S ____

M ____

T ____

W ____

T ____

F ____

S ____

Weekly Average:

Steps

	S	M	T	W	T	F	S
15,000							
14,000							
13,000							
12,000							
11,000							
10,000							
9,000							
8,000							
7,000							
6,000							
5,000							
4,000							

Sips
(ounces)

	S	M	T	W	T	F	S
	O	O	O	O	O	O	O
180	O	O	O	O	O	O	O
170	O	O	O	O	O	O	O
160	O	O	O	O	O	O	O
150	O	O	O	O	O	O	O
140	O	O	O	O	O	O	O
130	O	O	O	O	O	O	O
120	O	O	O	O	O	O	O
110	O	O	O	O	O	O	O
100	O	O	O	O	O	O	O
90	O	O	O	O	O	O	O
80	O	O	O	O	O	O	O
70	O	O	O	O	O	O	O
60	O	O	O	O	O	O	O
50	O	O	O	O	O	O	O
	O	O	O	O	O	O	O

Sleep
(hours)

	S	M	T	W	T	F	S
12							
11							
10							
9							
8							
7							
6							
5							
4							
3							
2							
1							

Week #:

Dates:

How I Feel:
(Rate 1-10)

S _____

M _____

T _____

W _____

T _____

F _____

S _____

Weekly Average:

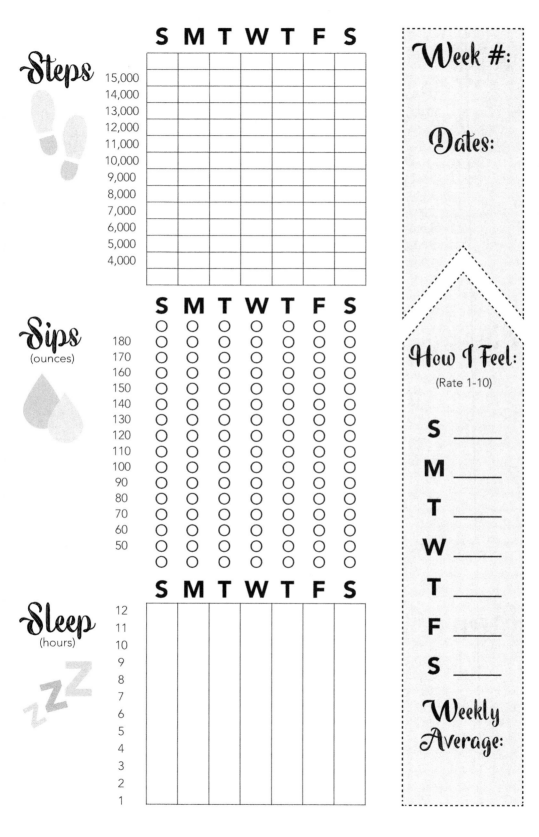

Steps

	S	M	T	W	T	F	S
15,000							
14,000							
13,000							
12,000							
11,000							
10,000							
9,000							
8,000							
7,000							
6,000							
5,000							
4,000							

Sips
(ounces)

	S	M	T	W	T	F	S
180	○	○	○	○	○	○	○
170	○	○	○	○	○	○	○
160	○	○	○	○	○	○	○
150	○	○	○	○	○	○	○
140	○	○	○	○	○	○	○
130	○	○	○	○	○	○	○
120	○	○	○	○	○	○	○
110	○	○	○	○	○	○	○
100	○	○	○	○	○	○	○
90	○	○	○	○	○	○	○
80	○	○	○	○	○	○	○
70	○	○	○	○	○	○	○
60	○	○	○	○	○	○	○
50	○	○	○	○	○	○	○

Sleep
(hours)

	S	M	T	W	T	F	S
12							
11							
10							
9							
8							
7							
6							
5							
4							
3							
2							
1							

Week #:

Dates:

How I Feel:
(Rate 1-10)

S ____

M ____

T ____

W ____

T ____

F ____

S ____

Weekly Average:

Steps

	S	M	T	W	T	F	S
15,000							
14,000							
13,000							
12,000							
11,000							
10,000							
9,000							
8,000							
7,000							
6,000							
5,000							
4,000							

Sips
(ounces)

	S	M	T	W	T	F	S
180	O	O	O	O	O	O	O
170	O	O	O	O	O	O	O
160	O	O	O	O	O	O	O
150	O	O	O	O	O	O	O
140	O	O	O	O	O	O	O
130	O	O	O	O	O	O	O
120	O	O	O	O	O	O	O
110	O	O	O	O	O	O	O
100	O	O	O	O	O	O	O
90	O	O	O	O	O	O	O
80	O	O	O	O	O	O	O
70	O	O	O	O	O	O	O
60	O	O	O	O	O	O	O
50	O	O	O	O	O	O	O

Sleep
(hours)

	S	M	T	W	T	F	S
12							
11							
10							
9							
8							
7							
6							
5							
4							
3							
2							
1							

Week #:

Dates:

How I Feel:
(Rate 1-10)

S _____

M _____

T _____

W _____

T _____

F _____

S _____

Weekly Average:

Steps

	S	M	T	W	T	F	S
15,000							
14,000							
13,000							
12,000							
11,000							
10,000							
9,000							
8,000							
7,000							
6,000							
5,000							
4,000							

Sips
(ounces)

	S	M	T	W	T	F	S
	O	O	O	O	O	O	O
180	O	O	O	O	O	O	O
170	O	O	O	O	O	O	O
160	O	O	O	O	O	O	O
150	O	O	O	O	O	O	O
140	O	O	O	O	O	O	O
130	O	O	O	O	O	O	O
120	O	O	O	O	O	O	O
110	O	O	O	O	O	O	O
100	O	O	O	O	O	O	O
90	O	O	O	O	O	O	O
80	O	O	O	O	O	O	O
70	O	O	O	O	O	O	O
60	O	O	O	O	O	O	O
50	O	O	O	O	O	O	O
	O	O	O	O	O	O	O

Sleep
(hours)

	S	M	T	W	T	F	S
12							
11							
10							
9							
8							
7							
6							
5							
4							
3							
2							
1							

Week #:

Dates:

How I Feel:
(Rate 1-10)

S _____

M _____

T _____

W _____

T _____

F _____

S _____

Weekly Average:

Steps

	S	M	T	W	T	F	S
15,000							
14,000							
13,000							
12,000							
11,000							
10,000							
9,000							
8,000							
7,000							
6,000							
5,000							
4,000							

Sips (ounces)

	S	M	T	W	T	F	S
180	O	O	O	O	O	O	O
170	O	O	O	O	O	O	O
160	O	O	O	O	O	O	O
150	O	O	O	O	O	O	O
140	O	O	O	O	O	O	O
130	O	O	O	O	O	O	O
120	O	O	O	O	O	O	O
110	O	O	O	O	O	O	O
100	O	O	O	O	O	O	O
90	O	O	O	O	O	O	O
80	O	O	O	O	O	O	O
70	O	O	O	O	O	O	O
60	O	O	O	O	O	O	O
50	O	O	O	O	O	O	O

Sleep (hours)

	S	M	T	W	T	F	S
12							
11							
10							
9							
8							
7							
6							
5							
4							
3							
2							
1							

Week #:

Dates:

How I Feel:
(Rate 1-10)

S _____

M _____

T _____

W _____

T _____

F _____

S _____

Weekly Average:

Steps

	S	M	T	W	T	F	S
15,000							
14,000							
13,000							
12,000							
11,000							
10,000							
9,000							
8,000							
7,000							
6,000							
5,000							
4,000							

Sips
(ounces)

	S	M	T	W	T	F	S
180	○	○	○	○	○	○	○
170	○	○	○	○	○	○	○
160	○	○	○	○	○	○	○
150	○	○	○	○	○	○	○
140	○	○	○	○	○	○	○
130	○	○	○	○	○	○	○
120	○	○	○	○	○	○	○
110	○	○	○	○	○	○	○
100	○	○	○	○	○	○	○
90	○	○	○	○	○	○	○
80	○	○	○	○	○	○	○
70	○	○	○	○	○	○	○
60	○	○	○	○	○	○	○
50	○	○	○	○	○	○	○
	○	○	○	○	○	○	○

Sleep
(hours)

	S	M	T	W	T	F	S
12							
11							
10							
9							
8							
7							
6							
5							
4							
3							
2							
1							

Week #:

Dates:

How I Feel:
(Rate 1-10)

S _____

M _____

T _____

W _____

T _____

F _____

S _____

Weekly Average:

Steps

	S	M	T	W	T	F	S
15,000							
14,000							
13,000							
12,000							
11,000							
10,000							
9,000							
8,000							
7,000							
6,000							
5,000							
4,000							

Sips (ounces)

	S	M	T	W	T	F	S
180	O	O	O	O	O	O	O
170	O	O	O	O	O	O	O
160	O	O	O	O	O	O	O
150	O	O	O	O	O	O	O
140	O	O	O	O	O	O	O
130	O	O	O	O	O	O	O
120	O	O	O	O	O	O	O
110	O	O	O	O	O	O	O
100	O	O	O	O	O	O	O
90	O	O	O	O	O	O	O
80	O	O	O	O	O	O	O
70	O	O	O	O	O	O	O
60	O	O	O	O	O	O	O
50	O	O	O	O	O	O	O
	O	O	O	O	O	O	O

Sleep (hours)

	S	M	T	W	T	F	S
12							
11							
10							
9							
8							
7							
6							
5							
4							
3							
2							
1							

Week #:

Dates:

How I Feel:
(Rate 1-10)

S _____
M _____
T _____
W _____
T _____
F _____
S _____

Weekly Average:

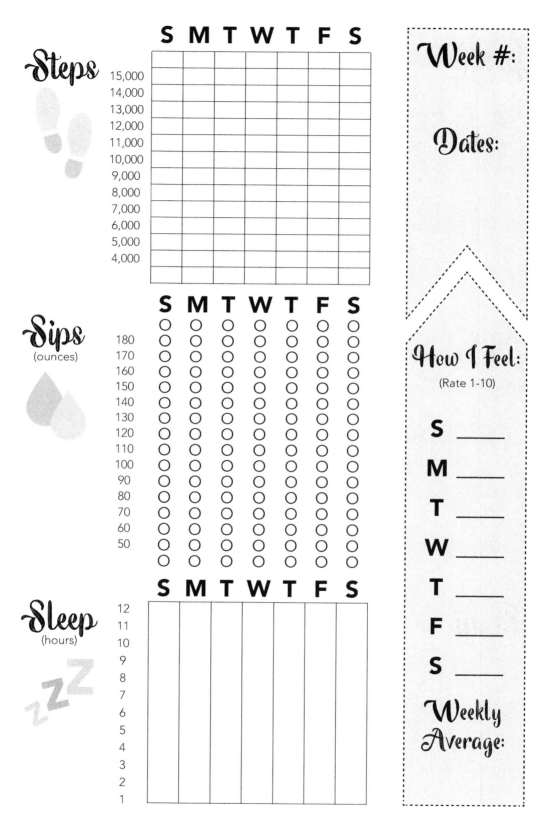

Steps

	S	M	T	W	T	F	S
15,000							
14,000							
13,000							
12,000							
11,000							
10,000							
9,000							
8,000							
7,000							
6,000							
5,000							
4,000							

Sips (ounces)

	S	M	T	W	T	F	S
180	O	O	O	O	O	O	O
170	O	O	O	O	O	O	O
160	O	O	O	O	O	O	O
150	O	O	O	O	O	O	O
140	O	O	O	O	O	O	O
130	O	O	O	O	O	O	O
120	O	O	O	O	O	O	O
110	O	O	O	O	O	O	O
100	O	O	O	O	O	O	O
90	O	O	O	O	O	O	O
80	O	O	O	O	O	O	O
70	O	O	O	O	O	O	O
60	O	O	O	O	O	O	O
50	O	O	O	O	O	O	O
	O	O	O	O	O	O	O

Sleep (hours)

	S	M	T	W	T	F	S
12							
11							
10							
9							
8							
7							
6							
5							
4							
3							
2							
1							

Week #:

Dates:

How I Feel:
(Rate 1-10)

S _____
M _____
T _____
W _____
T _____
F _____
S _____

Weekly Average:

Steps

	S	M	T	W	T	F	S
15,000							
14,000							
13,000							
12,000							
11,000							
10,000							
9,000							
8,000							
7,000							
6,000							
5,000							
4,000							

Sips
(ounces)

	S	M	T	W	T	F	S
180	○	○	○	○	○	○	○
170	○	○	○	○	○	○	○
160	○	○	○	○	○	○	○
150	○	○	○	○	○	○	○
140	○	○	○	○	○	○	○
130	○	○	○	○	○	○	○
120	○	○	○	○	○	○	○
110	○	○	○	○	○	○	○
100	○	○	○	○	○	○	○
90	○	○	○	○	○	○	○
80	○	○	○	○	○	○	○
70	○	○	○	○	○	○	○
60	○	○	○	○	○	○	○
50	○	○	○	○	○	○	○
	○	○	○	○	○	○	○

Sleep
(hours)

	S	M	T	W	T	F	S
12							
11							
10							
9							
8							
7							
6							
5							
4							
3							
2							
1							

Week #:

Dates:

How I Feel:
(Rate 1-10)

S _____

M _____

T _____

W _____

T _____

F _____

S _____

Weekly Average:

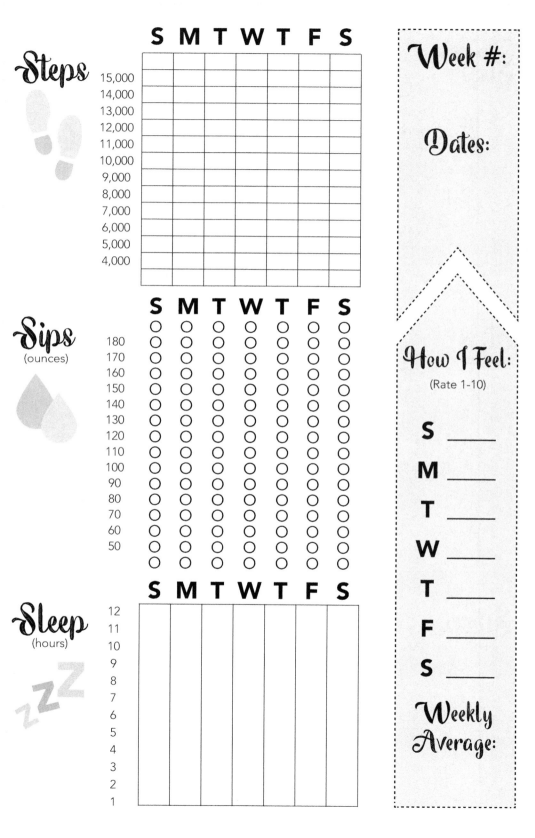

Steps

	S	M	T	W	T	F	S
15,000							
14,000							
13,000							
12,000							
11,000							
10,000							
9,000							
8,000							
7,000							
6,000							
5,000							
4,000							

Sips
(ounces)

	S	M	T	W	T	F	S
180	○	○	○	○	○	○	○
170	○	○	○	○	○	○	○
160	○	○	○	○	○	○	○
150	○	○	○	○	○	○	○
140	○	○	○	○	○	○	○
130	○	○	○	○	○	○	○
120	○	○	○	○	○	○	○
110	○	○	○	○	○	○	○
100	○	○	○	○	○	○	○
90	○	○	○	○	○	○	○
80	○	○	○	○	○	○	○
70	○	○	○	○	○	○	○
60	○	○	○	○	○	○	○
50	○	○	○	○	○	○	○
	○	○	○	○	○	○	○

Sleep
(hours)

	S	M	T	W	T	F	S
12							
11							
10							
9							
8							
7							
6							
5							
4							
3							
2							
1							

Week #:

Dates:

How I Feel:
(Rate 1-10)

S _____

M _____

T _____

W _____

T _____

F _____

S _____

Weekly Average:

Steps

	S	M	T	W	T	F	S
15,000							
14,000							
13,000							
12,000							
11,000							
10,000							
9,000							
8,000							
7,000							
6,000							
5,000							
4,000							

Sips (ounces)

	S	M	T	W	T	F	S
180	O	O	O	O	O	O	O
170	O	O	O	O	O	O	O
160	O	O	O	O	O	O	O
150	O	O	O	O	O	O	O
140	O	O	O	O	O	O	O
130	O	O	O	O	O	O	O
120	O	O	O	O	O	O	O
110	O	O	O	O	O	O	O
100	O	O	O	O	O	O	O
90	O	O	O	O	O	O	O
80	O	O	O	O	O	O	O
70	O	O	O	O	O	O	O
60	O	O	O	O	O	O	O
50	O	O	O	O	O	O	O

Sleep (hours)

	S	M	T	W	T	F	S
12							
11							
10							
9							
8							
7							
6							
5							
4							
3							
2							
1							

Week #:

Dates:

How I Feel:
(Rate 1-10)

S _____

M _____

T _____

W _____

T _____

F _____

S _____

Weekly Average:

Steps

	S	M	T	W	T	F	S
15,000							
14,000							
13,000							
12,000							
11,000							
10,000							
9,000							
8,000							
7,000							
6,000							
5,000							
4,000							

Sips
(ounces)

	S	M	T	W	T	F	S
180	O	O	O	O	O	O	O
170	O	O	O	O	O	O	O
160	O	O	O	O	O	O	O
150	O	O	O	O	O	O	O
140	O	O	O	O	O	O	O
130	O	O	O	O	O	O	O
120	O	O	O	O	O	O	O
110	O	O	O	O	O	O	O
100	O	O	O	O	O	O	O
90	O	O	O	O	O	O	O
80	O	O	O	O	O	O	O
70	O	O	O	O	O	O	O
60	O	O	O	O	O	O	O
50	O	O	O	O	O	O	O

Sleep
(hours)

	S	M	T	W	T	F	S
12							
11							
10							
9							
8							
7							
6							
5							
4							
3							
2							
1							

Week #:

Dates:

How I Feel:
(Rate 1-10)

S _____

M _____

T _____

W _____

T _____

F _____

S _____

Weekly Average:

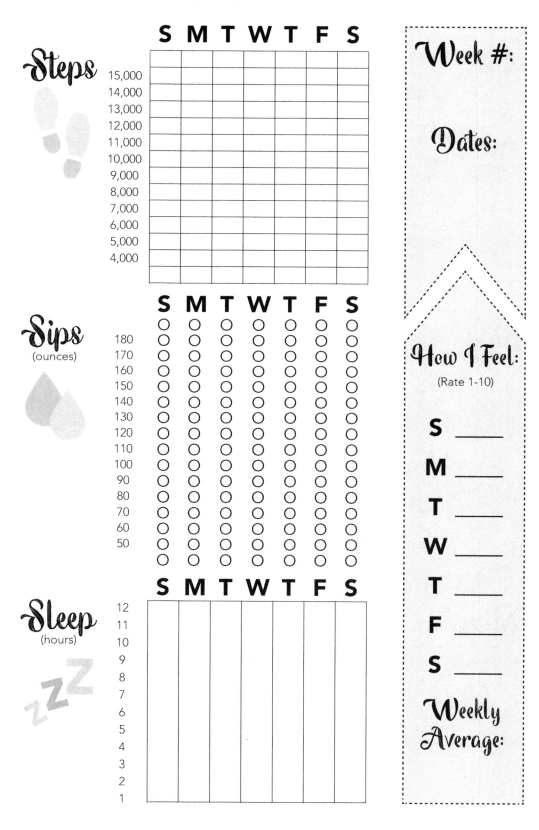

Steps

	S	M	T	W	T	F	S
15,000							
14,000							
13,000							
12,000							
11,000							
10,000							
9,000							
8,000							
7,000							
6,000							
5,000							
4,000							

Sips
(ounces)

	S	M	T	W	T	F	S
180	O	O	O	O	O	O	O
170	O	O	O	O	O	O	O
160	O	O	O	O	O	O	O
150	O	O	O	O	O	O	O
140	O	O	O	O	O	O	O
130	O	O	O	O	O	O	O
120	O	O	O	O	O	O	O
110	O	O	O	O	O	O	O
100	O	O	O	O	O	O	O
90	O	O	O	O	O	O	O
80	O	O	O	O	O	O	O
70	O	O	O	O	O	O	O
60	O	O	O	O	O	O	O
50	O	O	O	O	O	O	O
	O	O	O	O	O	O	O

Sleep
(hours)

	S	M	T	W	T	F	S
12							
11							
10							
9							
8							
7							
6							
5							
4							
3							
2							
1							

Week #:

Dates:

How I Feel:
(Rate 1-10)

S ____

M ____

T ____

W ____

T ____

F ____

S ____

Weekly Average:

Steps

	S	M	T	W	T	F	S
15,000							
14,000							
13,000							
12,000							
11,000							
10,000							
9,000							
8,000							
7,000							
6,000							
5,000							
4,000							

Sips
(ounces)

	S	M	T	W	T	F	S
180	O	O	O	O	O	O	O
170	O	O	O	O	O	O	O
160	O	O	O	O	O	O	O
150	O	O	O	O	O	O	O
140	O	O	O	O	O	O	O
130	O	O	O	O	O	O	O
120	O	O	O	O	O	O	O
110	O	O	O	O	O	O	O
100	O	O	O	O	O	O	O
90	O	O	O	O	O	O	O
80	O	O	O	O	O	O	O
70	O	O	O	O	O	O	O
60	O	O	O	O	O	O	O
50	O	O	O	O	O	O	O
	O	O	O	O	O	O	O

Sleep
(hours)

	S	M	T	W	T	F	S
12							
11							
10							
9							
8							
7							
6							
5							
4							
3							
2							
1							

Week #:

Dates:

How I Feel:
(Rate 1-10)

S _____

M _____

T _____

W _____

T _____

F _____

S _____

Weekly Average:

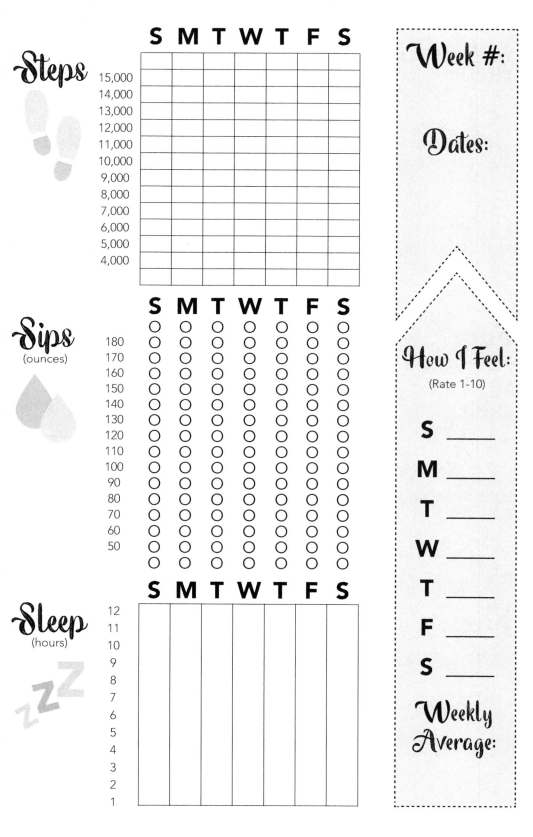

Steps

	S	M	T	W	T	F	S
15,000							
14,000							
13,000							
12,000							
11,000							
10,000							
9,000							
8,000							
7,000							
6,000							
5,000							
4,000							

Sips
(ounces)

	S	M	T	W	T	F	S
180	○	○	○	○	○	○	○
170	○	○	○	○	○	○	○
160	○	○	○	○	○	○	○
150	○	○	○	○	○	○	○
140	○	○	○	○	○	○	○
130	○	○	○	○	○	○	○
120	○	○	○	○	○	○	○
110	○	○	○	○	○	○	○
100	○	○	○	○	○	○	○
90	○	○	○	○	○	○	○
80	○	○	○	○	○	○	○
70	○	○	○	○	○	○	○
60	○	○	○	○	○	○	○
50	○	○	○	○	○	○	○

Sleep
(hours)

	S	M	T	W	T	F	S
12							
11							
10							
9							
8							
7							
6							
5							
4							
3							
2							
1							

Week #:

Dates:

How I Feel:
(Rate 1-10)

S ____

M ____

T ____

W ____

T ____

F ____

S ____

Weekly Average:

Steps

	S	M	T	W	T	F	S
15,000							
14,000							
13,000							
12,000							
11,000							
10,000							
9,000							
8,000							
7,000							
6,000							
5,000							
4,000							

Sips
(ounces)

	S	M	T	W	T	F	S
	○	○	○	○	○	○	○
180	○	○	○	○	○	○	○
170	○	○	○	○	○	○	○
160	○	○	○	○	○	○	○
150	○	○	○	○	○	○	○
140	○	○	○	○	○	○	○
130	○	○	○	○	○	○	○
120	○	○	○	○	○	○	○
110	○	○	○	○	○	○	○
100	○	○	○	○	○	○	○
90	○	○	○	○	○	○	○
80	○	○	○	○	○	○	○
70	○	○	○	○	○	○	○
60	○	○	○	○	○	○	○
50	○	○	○	○	○	○	○
	○	○	○	○	○	○	○

Sleep
(hours)

	S	M	T	W	T	F	S
12							
11							
10							
9							
8							
7							
6							
5							
4							
3							
2							
1							

Week #:

Dates:

How I Feel:
(Rate 1-10)

S _____

M _____

T _____

W _____

T _____

F _____

S _____

Weekly Average:

Steps

	S	M	T	W	T	F	S
15,000							
14,000							
13,000							
12,000							
11,000							
10,000							
9,000							
8,000							
7,000							
6,000							
5,000							
4,000							

Sips (ounces)

	S	M	T	W	T	F	S
180	○	○	○	○	○	○	○
170	○	○	○	○	○	○	○
160	○	○	○	○	○	○	○
150	○	○	○	○	○	○	○
140	○	○	○	○	○	○	○
130	○	○	○	○	○	○	○
120	○	○	○	○	○	○	○
110	○	○	○	○	○	○	○
100	○	○	○	○	○	○	○
90	○	○	○	○	○	○	○
80	○	○	○	○	○	○	○
70	○	○	○	○	○	○	○
60	○	○	○	○	○	○	○
50	○	○	○	○	○	○	○

Sleep (hours)

	S	M	T	W	T	F	S
12							
11							
10							
9							
8							
7							
6							
5							
4							
3							
2							
1							

Week #:

Dates:

How I Feel:
(Rate 1-10)

S _____

M _____

T _____

W _____

T _____

F _____

S _____

Weekly Average:

Steps

	S	M	T	W	T	F	S
15,000							
14,000							
13,000							
12,000							
11,000							
10,000							
9,000							
8,000							
7,000							
6,000							
5,000							
4,000							

Sips
(ounces)

	S	M	T	W	T	F	S
180	O	O	O	O	O	O	O
170	O	O	O	O	O	O	O
160	O	O	O	O	O	O	O
150	O	O	O	O	O	O	O
140	O	O	O	O	O	O	O
130	O	O	O	O	O	O	O
120	O	O	O	O	O	O	O
110	O	O	O	O	O	O	O
100	O	O	O	O	O	O	O
90	O	O	O	O	O	O	O
80	O	O	O	O	O	O	O
70	O	O	O	O	O	O	O
60	O	O	O	O	O	O	O
50	O	O	O	O	O	O	O

Sleep
(hours)

	S	M	T	W	T	F	S
12							
11							
10							
9							
8							
7							
6							
5							
4							
3							
2							
1							

Week #:

Dates:

How I Feel:
(Rate 1-10)

S _____

M _____

T _____

W _____

T _____

F _____

S _____

Weekly Average:

Steps

	S	M	T	W	T	F	S
15,000							
14,000							
13,000							
12,000							
11,000							
10,000							
9,000							
8,000							
7,000							
6,000							
5,000							
4,000							

Sips
(ounces)

	S	M	T	W	T	F	S
180	○	○	○	○	○	○	○
170	○	○	○	○	○	○	○
160	○	○	○	○	○	○	○
150	○	○	○	○	○	○	○
140	○	○	○	○	○	○	○
130	○	○	○	○	○	○	○
120	○	○	○	○	○	○	○
110	○	○	○	○	○	○	○
100	○	○	○	○	○	○	○
90	○	○	○	○	○	○	○
80	○	○	○	○	○	○	○
70	○	○	○	○	○	○	○
60	○	○	○	○	○	○	○
50	○	○	○	○	○	○	○
	○	○	○	○	○	○	○

Sleep
(hours)

	S	M	T	W	T	F	S
12							
11							
10							
9							
8							
7							
6							
5							
4							
3							
2							
1							

Week #:

Dates:

How I Feel:
(Rate 1-10)

S _____
M _____
T _____
W _____
T _____
F _____
S _____

Weekly Average:

Steps

	S	M	T	W	T	F	S
15,000							
14,000							
13,000							
12,000							
11,000							
10,000							
9,000							
8,000							
7,000							
6,000							
5,000							
4,000							

Sips
(ounces)

	S	M	T	W	T	F	S
180	O	O	O	O	O	O	O
170	O	O	O	O	O	O	O
160	O	O	O	O	O	O	O
150	O	O	O	O	O	O	O
140	O	O	O	O	O	O	O
130	O	O	O	O	O	O	O
120	O	O	O	O	O	O	O
110	O	O	O	O	O	O	O
100	O	O	O	O	O	O	O
90	O	O	O	O	O	O	O
80	O	O	O	O	O	O	O
70	O	O	O	O	O	O	O
60	O	O	O	O	O	O	O
50	O	O	O	O	O	O	O
	O	O	O	O	O	O	O

Sleep
(hours)

	S	M	T	W	T	F	S
12							
11							
10							
9							
8							
7							
6							
5							
4							
3							
2							
1							

Week #:

Dates:

How I Feel:
(Rate 1-10)

S _____

M _____

T _____

W _____

T _____

F _____

S _____

Weekly Average:

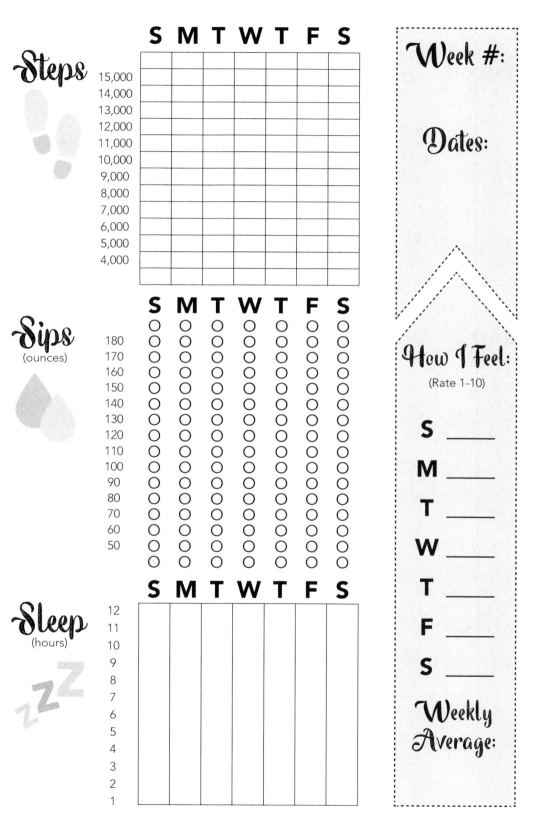

Steps

	S	M	T	W	T	F	S
15,000							
14,000							
13,000							
12,000							
11,000							
10,000							
9,000							
8,000							
7,000							
6,000							
5,000							
4,000							

Sips (ounces)

	S	M	T	W	T	F	S
180	○	○	○	○	○	○	○
170	○	○	○	○	○	○	○
160	○	○	○	○	○	○	○
150	○	○	○	○	○	○	○
140	○	○	○	○	○	○	○
130	○	○	○	○	○	○	○
120	○	○	○	○	○	○	○
110	○	○	○	○	○	○	○
100	○	○	○	○	○	○	○
90	○	○	○	○	○	○	○
80	○	○	○	○	○	○	○
70	○	○	○	○	○	○	○
60	○	○	○	○	○	○	○
50	○	○	○	○	○	○	○

Sleep (hours)

	S	M	T	W	T	F	S
12							
11							
10							
9							
8							
7							
6							
5							
4							
3							
2							
1							

Week #:

Dates:

How I Feel:
(Rate 1-10)

S _____
M _____
T _____
W _____
T _____
F _____
S _____

Weekly Average:

Steps

	S	M	T	W	T	F	S
15,000							
14,000							
13,000							
12,000							
11,000							
10,000							
9,000							
8,000							
7,000							
6,000							
5,000							
4,000							

Sips
(ounces)

S M T W T F S

180 170 160 150 140 130 120 110 100 90 80 70 60 50

Sleep
(hours)

	S	M	T	W	T	F	S
12							
11							
10							
9							
8							
7							
6							
5							
4							
3							
2							
1							

Week #:

Dates:

How I Feel:
(Rate 1-10)

S _____

M _____

T _____

W _____

T _____

F _____

S _____

Weekly Average:

Steps

	S	M	T	W	T	F	S
15,000							
14,000							
13,000							
12,000							
11,000							
10,000							
9,000							
8,000							
7,000							
6,000							
5,000							
4,000							

Sips
(ounces)

	S	M	T	W	T	F	S
180	O	O	O	O	O	O	O
170	O	O	O	O	O	O	O
160	O	O	O	O	O	O	O
150	O	O	O	O	O	O	O
140	O	O	O	O	O	O	O
130	O	O	O	O	O	O	O
120	O	O	O	O	O	O	O
110	O	O	O	O	O	O	O
100	O	O	O	O	O	O	O
90	O	O	O	O	O	O	O
80	O	O	O	O	O	O	O
70	O	O	O	O	O	O	O
60	O	O	O	O	O	O	O
50	O	O	O	O	O	O	O

Sleep
(hours)

	S	M	T	W	T	F	S
12							
11							
10							
9							
8							
7							
6							
5							
4							
3							
2							
1							

Week #:

Dates:

How I Feel:
(Rate 1-10)

S ____

M ____

T ____

W ____

T ____

F ____

S ____

Weekly Average:

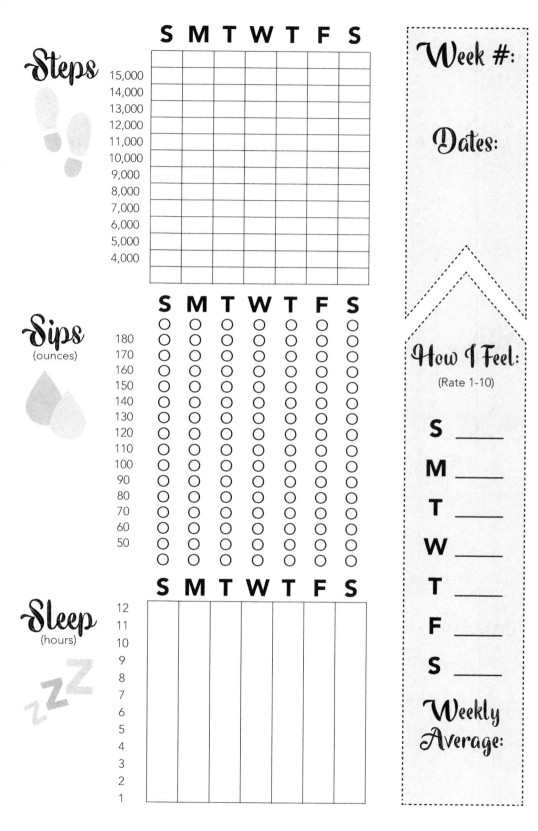

Steps

	S	M	T	W	T	F	S
15,000							
14,000							
13,000							
12,000							
11,000							
10,000							
9,000							
8,000							
7,000							
6,000							
5,000							
4,000							

Sips
(ounces)

S M T W T F S
180 170 160 150 140 130 120 110 100 90 80 70 60 50

Sleep
(hours)

S M T W T F S
12 11 10 9 8 7 6 5 4 3 2 1

Week #:

Dates:

How I Feel:
(Rate 1-10)

S _____
M _____
T _____
W _____
T _____
F _____
S _____

Weekly Average:

Steps

	S	M	T	W	T	F	S
15,000							
14,000							
13,000							
12,000							
11,000							
10,000							
9,000							
8,000							
7,000							
6,000							
5,000							
4,000							

Sips (ounces)

	S	M	T	W	T	F	S
180	O	O	O	O	O	O	O
170	O	O	O	O	O	O	O
160	O	O	O	O	O	O	O
150	O	O	O	O	O	O	O
140	O	O	O	O	O	O	O
130	O	O	O	O	O	O	O
120	O	O	O	O	O	O	O
110	O	O	O	O	O	O	O
100	O	O	O	O	O	O	O
90	O	O	O	O	O	O	O
80	O	O	O	O	O	O	O
70	O	O	O	O	O	O	O
60	O	O	O	O	O	O	O
50	O	O	O	O	O	O	O

Sleep (hours)

	S	M	T	W	T	F	S
12							
11							
10							
9							
8							
7							
6							
5							
4							
3							
2							
1							

Week #:

Dates:

How I Feel:
(Rate 1-10)

S _____

M _____

T _____

W _____

T _____

F _____

S _____

Weekly Average:

Steps

	S	M	T	W	T	F	S
15,000							
14,000							
13,000							
12,000							
11,000							
10,000							
9,000							
8,000							
7,000							
6,000							
5,000							
4,000							

Sips
(ounces)

	S	M	T	W	T	F	S
180	○	○	○	○	○	○	○
170	○	○	○	○	○	○	○
160	○	○	○	○	○	○	○
150	○	○	○	○	○	○	○
140	○	○	○	○	○	○	○
130	○	○	○	○	○	○	○
120	○	○	○	○	○	○	○
110	○	○	○	○	○	○	○
100	○	○	○	○	○	○	○
90	○	○	○	○	○	○	○
80	○	○	○	○	○	○	○
70	○	○	○	○	○	○	○
60	○	○	○	○	○	○	○
50	○	○	○	○	○	○	○
	○	○	○	○	○	○	○

Sleep
(hours)

	S	M	T	W	T	F	S
12							
11							
10							
9							
8							
7							
6							
5							
4							
3							
2							
1							

Week #:

Dates:

How I Feel:
(Rate 1-10)

S _____

M _____

T _____

W _____

T _____

F _____

S _____

Weekly Average:

Steps

	S	M	T	W	T	F	S
15,000							
14,000							
13,000							
12,000							
11,000							
10,000							
9,000							
8,000							
7,000							
6,000							
5,000							
4,000							

Sips
(ounces)

	S	M	T	W	T	F	S
180	○	○	○	○	○	○	○
170	○	○	○	○	○	○	○
160	○	○	○	○	○	○	○
150	○	○	○	○	○	○	○
140	○	○	○	○	○	○	○
130	○	○	○	○	○	○	○
120	○	○	○	○	○	○	○
110	○	○	○	○	○	○	○
100	○	○	○	○	○	○	○
90	○	○	○	○	○	○	○
80	○	○	○	○	○	○	○
70	○	○	○	○	○	○	○
60	○	○	○	○	○	○	○
50	○	○	○	○	○	○	○
	○	○	○	○	○	○	○

Sleep
(hours)

	S	M	T	W	T	F	S
12							
11							
10							
9							
8							
7							
6							
5							
4							
3							
2							
1							

Week #:

Dates:

How I Feel:
(Rate 1-10)

S _____

M _____

T _____

W _____

T _____

F _____

S _____

Weekly Average:

Steps

	S	M	T	W	T	F	S
15,000							
14,000							
13,000							
12,000							
11,000							
10,000							
9,000							
8,000							
7,000							
6,000							
5,000							
4,000							

Sips
(ounces)

	S	M	T	W	T	F	S
180	○	○	○	○	○	○	○
170	○	○	○	○	○	○	○
160	○	○	○	○	○	○	○
150	○	○	○	○	○	○	○
140	○	○	○	○	○	○	○
130	○	○	○	○	○	○	○
120	○	○	○	○	○	○	○
110	○	○	○	○	○	○	○
100	○	○	○	○	○	○	○
90	○	○	○	○	○	○	○
80	○	○	○	○	○	○	○
70	○	○	○	○	○	○	○
60	○	○	○	○	○	○	○
50	○	○	○	○	○	○	○
	○	○	○	○	○	○	○

Sleep
(hours)

	S	M	T	W	T	F	S
12							
11							
10							
9							
8							
7							
6							
5							
4							
3							
2							
1							

Week #:

Dates:

How I Feel:
(Rate 1-10)

S _____

M _____

T _____

W _____

T _____

F _____

S _____

Weekly Average:

Steps

	S	M	T	W	T	F	S
15,000							
14,000							
13,000							
12,000							
11,000							
10,000							
9,000							
8,000							
7,000							
6,000							
5,000							
4,000							

Sips
(ounces)

	S	M	T	W	T	F	S
180	O	O	O	O	O	O	O
170	O	O	O	O	O	O	O
160	O	O	O	O	O	O	O
150	O	O	O	O	O	O	O
140	O	O	O	O	O	O	O
130	O	O	O	O	O	O	O
120	O	O	O	O	O	O	O
110	O	O	O	O	O	O	O
100	O	O	O	O	O	O	O
90	O	O	O	O	O	O	O
80	O	O	O	O	O	O	O
70	O	O	O	O	O	O	O
60	O	O	O	O	O	O	O
50	O	O	O	O	O	O	O

Sleep
(hours)

	S	M	T	W	T	F	S
12							
11							
10							
9							
8							
7							
6							
5							
4							
3							
2							
1							

Week #:

Dates:

How I Feel:
(Rate 1-10)

S ____

M ____

T ____

W ____

T ____

F ____

S ____

Weekly Average:

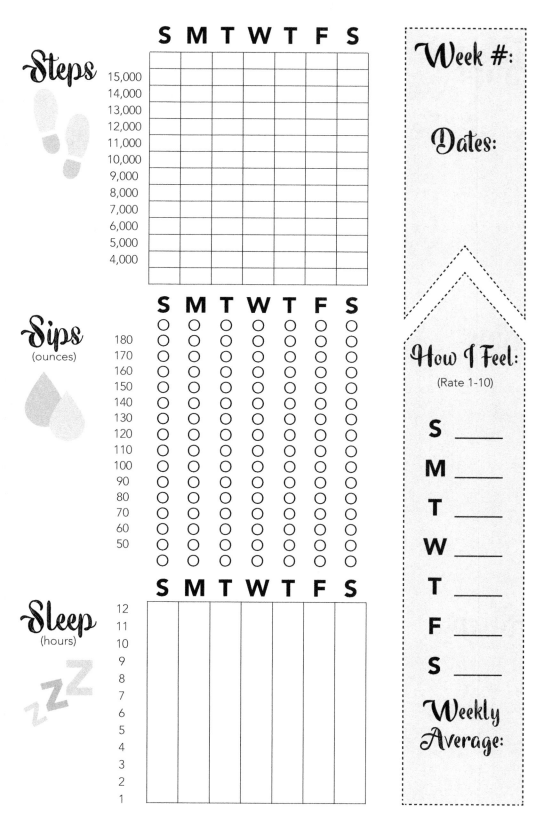

Steps

	S	M	T	W	T	F	S
15,000							
14,000							
13,000							
12,000							
11,000							
10,000							
9,000							
8,000							
7,000							
6,000							
5,000							
4,000							

Sips
(ounces)

S M T W T F S

180 170 160 150 140 130 120 110 100 90 80 70 60 50

Sleep
(hours)

S M T W T F S

12 11 10 9 8 7 6 5 4 3 2 1

Week #:

Dates:

How I Feel:
(Rate 1-10)

S _____

M _____

T _____

W _____

T _____

F _____

S _____

Weekly Average:

Steps

	S	M	T	W	T	F	S
15,000							
14,000							
13,000							
12,000							
11,000							
10,000							
9,000							
8,000							
7,000							
6,000							
5,000							
4,000							

Sips
(ounces)

	S	M	T	W	T	F	S
180	○	○	○	○	○	○	○
170	○	○	○	○	○	○	○
160	○	○	○	○	○	○	○
150	○	○	○	○	○	○	○
140	○	○	○	○	○	○	○
130	○	○	○	○	○	○	○
120	○	○	○	○	○	○	○
110	○	○	○	○	○	○	○
100	○	○	○	○	○	○	○
90	○	○	○	○	○	○	○
80	○	○	○	○	○	○	○
70	○	○	○	○	○	○	○
60	○	○	○	○	○	○	○
50	○	○	○	○	○	○	○

Sleep
(hours)

	S	M	T	W	T	F	S
12							
11							
10							
9							
8							
7							
6							
5							
4							
3							
2							
1							

Week #:

Dates:

How I Feel:
(Rate 1-10)

S _____

M _____

T _____

W _____

T _____

F _____

S _____

Weekly Average:

Steps

	S	M	T	W	T	F	S
15,000							
14,000							
13,000							
12,000							
11,000							
10,000							
9,000							
8,000							
7,000							
6,000							
5,000							
4,000							

Sips
(ounces)

	S	M	T	W	T	F	S
180	O	O	O	O	O	O	O
170	O	O	O	O	O	O	O
160	O	O	O	O	O	O	O
150	O	O	O	O	O	O	O
140	O	O	O	O	O	O	O
130	O	O	O	O	O	O	O
120	O	O	O	O	O	O	O
110	O	O	O	O	O	O	O
100	O	O	O	O	O	O	O
90	O	O	O	O	O	O	O
80	O	O	O	O	O	O	O
70	O	O	O	O	O	O	O
60	O	O	O	O	O	O	O
50	O	O	O	O	O	O	O
	O	O	O	O	O	O	O

Sleep
(hours)

	S	M	T	W	T	F	S
12							
11							
10							
9							
8							
7							
6							
5							
4							
3							
2							
1							

Week #:

Dates:

How I Feel:
(Rate 1-10)

S ____
M ____
T ____
W ____
T ____
F ____
S ____

Weekly Average:

Steps

	S	M	T	W	T	F	S
15,000							
14,000							
13,000							
12,000							
11,000							
10,000							
9,000							
8,000							
7,000							
6,000							
5,000							
4,000							

Sips
(ounces)

	S	M	T	W	T	F	S
	O	O	O	O	O	O	O
180	O	O	O	O	O	O	O
170	O	O	O	O	O	O	O
160	O	O	O	O	O	O	O
150	O	O	O	O	O	O	O
140	O	O	O	O	O	O	O
130	O	O	O	O	O	O	O
120	O	O	O	O	O	O	O
110	O	O	O	O	O	O	O
100	O	O	O	O	O	O	O
90	O	O	O	O	O	O	O
80	O	O	O	O	O	O	O
70	O	O	O	O	O	O	O
60	O	O	O	O	O	O	O
50	O	O	O	O	O	O	O
	O	O	O	O	O	O	O

Sleep
(hours)

	S	M	T	W	T	F	S
12							
11							
10							
9							
8							
7							
6							
5							
4							
3							
2							
1							

Week #:

Dates:

How I Feel:
(Rate 1-10)

S _____

M _____

T _____

W _____

T _____

F _____

S _____

Weekly
Average:

Steps

	S	M	T	W	T	F	S
15,000							
14,000							
13,000							
12,000							
11,000							
10,000							
9,000							
8,000							
7,000							
6,000							
5,000							
4,000							

Sips
(ounces)

	S	M	T	W	T	F	S
180	O	O	O	O	O	O	O
170	O	O	O	O	O	O	O
160	O	O	O	O	O	O	O
150	O	O	O	O	O	O	O
140	O	O	O	O	O	O	O
130	O	O	O	O	O	O	O
120	O	O	O	O	O	O	O
110	O	O	O	O	O	O	O
100	O	O	O	O	O	O	O
90	O	O	O	O	O	O	O
80	O	O	O	O	O	O	O
70	O	O	O	O	O	O	O
60	O	O	O	O	O	O	O
50	O	O	O	O	O	O	O
	O	O	O	O	O	O	O

Sleep
(hours)

	S	M	T	W	T	F	S
12							
11							
10							
9							
8							
7							
6							
5							
4							
3							
2							
1							

Week #:

Dates:

How I Feel:
(Rate 1-10)

S ____
M ____
T ____
W ____
T ____
F ____
S ____

Weekly Average:

Steps

	S	M	T	W	T	F	S
15,000							
14,000							
13,000							
12,000							
11,000							
10,000							
9,000							
8,000							
7,000							
6,000							
5,000							
4,000							

Sips
(ounces)

	S	M	T	W	T	F	S
	O	O	O	O	O	O	O
180	O	O	O	O	O	O	O
170	O	O	O	O	O	O	O
160	O	O	O	O	O	O	O
150	O	O	O	O	O	O	O
140	O	O	O	O	O	O	O
130	O	O	O	O	O	O	O
120	O	O	O	O	O	O	O
110	O	O	O	O	O	O	O
100	O	O	O	O	O	O	O
90	O	O	O	O	O	O	O
80	O	O	O	O	O	O	O
70	O	O	O	O	O	O	O
60	O	O	O	O	O	O	O
50	O	O	O	O	O	O	O
	O	O	O	O	O	O	O

Sleep
(hours)

	S	M	T	W	T	F	S
12							
11							
10							
9							
8							
7							
6							
5							
4							
3							
2							
1							

Week #:

Dates:

How I Feel:
(Rate 1-10)

S _____
M _____
T _____
W _____
T _____
F _____
S _____

Weekly Average:

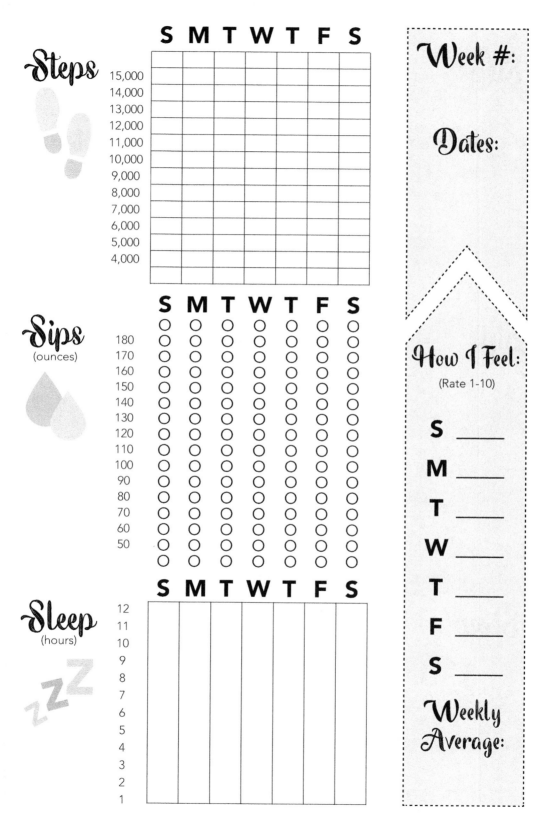

Steps

	S	M	T	W	T	F	S
15,000							
14,000							
13,000							
12,000							
11,000							
10,000							
9,000							
8,000							
7,000							
6,000							
5,000							
4,000							

Sips
(ounces)

	S	M	T	W	T	F	S
180	○	○	○	○	○	○	○
170	○	○	○	○	○	○	○
160	○	○	○	○	○	○	○
150	○	○	○	○	○	○	○
140	○	○	○	○	○	○	○
130	○	○	○	○	○	○	○
120	○	○	○	○	○	○	○
110	○	○	○	○	○	○	○
100	○	○	○	○	○	○	○
90	○	○	○	○	○	○	○
80	○	○	○	○	○	○	○
70	○	○	○	○	○	○	○
60	○	○	○	○	○	○	○
50	○	○	○	○	○	○	○
	○	○	○	○	○	○	○

Sleep
(hours)

	S	M	T	W	T	F	S
12							
11							
10							
9							
8							
7							
6							
5							
4							
3							
2							
1							

Week #:

Dates:

How I Feel:
(Rate 1-10)

S _____
M _____
T _____
W _____
T _____
F _____
S _____

Weekly Average:

Steps

	S	M	T	W	T	F	S
15,000							
14,000							
13,000							
12,000							
11,000							
10,000							
9,000							
8,000							
7,000							
6,000							
5,000							
4,000							

Sips
(ounces)

	S	M	T	W	T	F	S
180	O	O	O	O	O	O	O
170	O	O	O	O	O	O	O
160	O	O	O	O	O	O	O
150	O	O	O	O	O	O	O
140	O	O	O	O	O	O	O
130	O	O	O	O	O	O	O
120	O	O	O	O	O	O	O
110	O	O	O	O	O	O	O
100	O	O	O	O	O	O	O
90	O	O	O	O	O	O	O
80	O	O	O	O	O	O	O
70	O	O	O	O	O	O	O
60	O	O	O	O	O	O	O
50	O	O	O	O	O	O	O

Sleep
(hours)

	S	M	T	W	T	F	S
12							
11							
10							
9							
8							
7							
6							
5							
4							
3							
2							
1							

Week #:

Dates:

How I Feel:
(Rate 1-10)

S _____
M _____
T _____
W _____
T _____
F _____
S _____

Weekly Average:

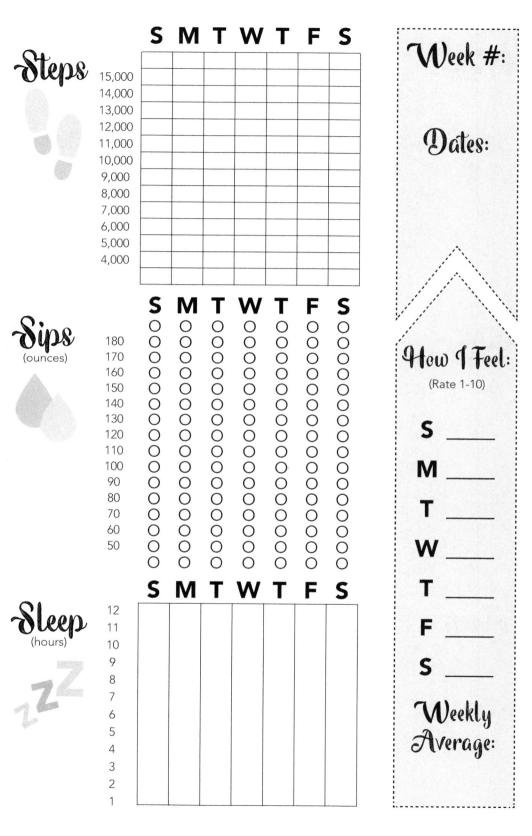

Steps

	S	M	T	W	T	F	S
15,000							
14,000							
13,000							
12,000							
11,000							
10,000							
9,000							
8,000							
7,000							
6,000							
5,000							
4,000							

Sips (ounces)

	S	M	T	W	T	F	S
180	○	○	○	○	○	○	○
170	○	○	○	○	○	○	○
160	○	○	○	○	○	○	○
150	○	○	○	○	○	○	○
140	○	○	○	○	○	○	○
130	○	○	○	○	○	○	○
120	○	○	○	○	○	○	○
110	○	○	○	○	○	○	○
100	○	○	○	○	○	○	○
90	○	○	○	○	○	○	○
80	○	○	○	○	○	○	○
70	○	○	○	○	○	○	○
60	○	○	○	○	○	○	○
50	○	○	○	○	○	○	○
	○	○	○	○	○	○	○

Sleep (hours)

	S	M	T	W	T	F	S
12							
11							
10							
9							
8							
7							
6							
5							
4							
3							
2							
1							

Week #:

Dates:

How I Feel:
(Rate 1-10)

S _____

M _____

T _____

W _____

T _____

F _____

S _____

Weekly Average:

Steps

	S	M	T	W	T	F	S
15,000							
14,000							
13,000							
12,000							
11,000							
10,000							
9,000							
8,000							
7,000							
6,000							
5,000							
4,000							

Sips
(ounces)

	S	M	T	W	T	F	S
180	○	○	○	○	○	○	○
170	○	○	○	○	○	○	○
160	○	○	○	○	○	○	○
150	○	○	○	○	○	○	○
140	○	○	○	○	○	○	○
130	○	○	○	○	○	○	○
120	○	○	○	○	○	○	○
110	○	○	○	○	○	○	○
100	○	○	○	○	○	○	○
90	○	○	○	○	○	○	○
80	○	○	○	○	○	○	○
70	○	○	○	○	○	○	○
60	○	○	○	○	○	○	○
50	○	○	○	○	○	○	○
	○	○	○	○	○	○	○

Sleep
(hours)

	S	M	T	W	T	F	S
12							
11							
10							
9							
8							
7							
6							
5							
4							
3							
2							
1							

Week #:

Dates:

How I Feel:
(Rate 1-10)

S _____

M _____

T _____

W _____

T _____

F _____

S _____

Weekly Average:

Steps

	S	M	T	W	T	F	S
15,000							
14,000							
13,000							
12,000							
11,000							
10,000							
9,000							
8,000							
7,000							
6,000							
5,000							
4,000							

Sips (ounces)

	S	M	T	W	T	F	S
180	○	○	○	○	○	○	○
170	○	○	○	○	○	○	○
160	○	○	○	○	○	○	○
150	○	○	○	○	○	○	○
140	○	○	○	○	○	○	○
130	○	○	○	○	○	○	○
120	○	○	○	○	○	○	○
110	○	○	○	○	○	○	○
100	○	○	○	○	○	○	○
90	○	○	○	○	○	○	○
80	○	○	○	○	○	○	○
70	○	○	○	○	○	○	○
60	○	○	○	○	○	○	○
50	○	○	○	○	○	○	○

Sleep (hours)

	S	M	T	W	T	F	S
12							
11							
10							
9							
8							
7							
6							
5							
4							
3							
2							
1							

Week #:

Dates:

How I Feel:
(Rate 1-10)

S _____

M _____

T _____

W _____

T _____

F _____

S _____

Weekly Average:

Steps

	S	M	T	W	T	F	S
15,000							
14,000							
13,000							
12,000							
11,000							
10,000							
9,000							
8,000							
7,000							
6,000							
5,000							
4,000							

Sips
(ounces)

	S	M	T	W	T	F	S
180	O	O	O	O	O	O	O
170	O	O	O	O	O	O	O
160	O	O	O	O	O	O	O
150	O	O	O	O	O	O	O
140	O	O	O	O	O	O	O
130	O	O	O	O	O	O	O
120	O	O	O	O	O	O	O
110	O	O	O	O	O	O	O
100	O	O	O	O	O	O	O
90	O	O	O	O	O	O	O
80	O	O	O	O	O	O	O
70	O	O	O	O	O	O	O
60	O	O	O	O	O	O	O
50	O	O	O	O	O	O	O
	O	O	O	O	O	O	O

Sleep
(hours)

	S	M	T	W	T	F	S
12							
11							
10							
9							
8							
7							
6							
5							
4							
3							
2							
1							

Week #:

Dates:

How I Feel:
(Rate 1-10)

S _____
M _____
T _____
W _____
T _____
F _____
S _____

Weekly Average:

Steps

	S	M	T	W	T	F	S
15,000							
14,000							
13,000							
12,000							
11,000							
10,000							
9,000							
8,000							
7,000							
6,000							
5,000							
4,000							

Sips
(ounces)

	S	M	T	W	T	F	S
180	○	○	○	○	○	○	○
170	○	○	○	○	○	○	○
160	○	○	○	○	○	○	○
150	○	○	○	○	○	○	○
140	○	○	○	○	○	○	○
130	○	○	○	○	○	○	○
120	○	○	○	○	○	○	○
110	○	○	○	○	○	○	○
100	○	○	○	○	○	○	○
90	○	○	○	○	○	○	○
80	○	○	○	○	○	○	○
70	○	○	○	○	○	○	○
60	○	○	○	○	○	○	○
50	○	○	○	○	○	○	○
	○	○	○	○	○	○	○

Sleep
(hours)

	S	M	T	W	T	F	S
12							
11							
10							
9							
8							
7							
6							
5							
4							
3							
2							
1							

Week #:

Dates:

How I Feel:
(Rate 1-10)

S _____

M _____

T _____

W _____

T _____

F _____

S _____

Weekly Average:

Steps

	S	M	T	W	T	F	S
15,000							
14,000							
13,000							
12,000							
11,000							
10,000							
9,000							
8,000							
7,000							
6,000							
5,000							
4,000							

Sips
(ounces)

	S	M	T	W	T	F	S
180	○	○	○	○	○	○	○
170	○	○	○	○	○	○	○
160	○	○	○	○	○	○	○
150	○	○	○	○	○	○	○
140	○	○	○	○	○	○	○
130	○	○	○	○	○	○	○
120	○	○	○	○	○	○	○
110	○	○	○	○	○	○	○
100	○	○	○	○	○	○	○
90	○	○	○	○	○	○	○
80	○	○	○	○	○	○	○
70	○	○	○	○	○	○	○
60	○	○	○	○	○	○	○
50	○	○	○	○	○	○	○
	○	○	○	○	○	○	○

Sleep
(hours)

	S	M	T	W	T	F	S
12							
11							
10							
9							
8							
7							
6							
5							
4							
3							
2							
1							

Week #:

Dates:

How I Feel:
(Rate 1-10)

S _____
M _____
T _____
W _____
T _____
F _____
S _____

Weekly Average:

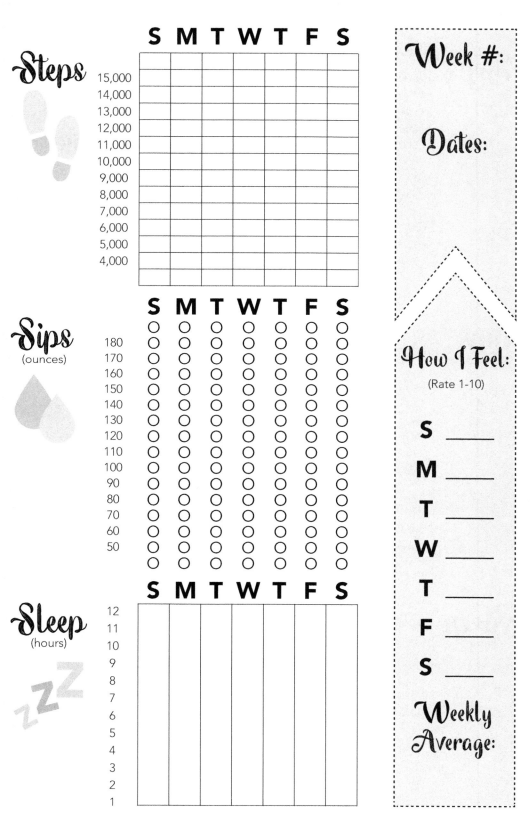

Steps

	S	M	T	W	T	F	S
15,000							
14,000							
13,000							
12,000							
11,000							
10,000							
9,000							
8,000							
7,000							
6,000							
5,000							
4,000							

Sips
(ounces)

	S	M	T	W	T	F	S
180	O	O	O	O	O	O	O
170	O	O	O	O	O	O	O
160	O	O	O	O	O	O	O
150	O	O	O	O	O	O	O
140	O	O	O	O	O	O	O
130	O	O	O	O	O	O	O
120	O	O	O	O	O	O	O
110	O	O	O	O	O	O	O
100	O	O	O	O	O	O	O
90	O	O	O	O	O	O	O
80	O	O	O	O	O	O	O
70	O	O	O	O	O	O	O
60	O	O	O	O	O	O	O
50	O	O	O	O	O	O	O
	O	O	O	O	O	O	O

Sleep
(hours)

	S	M	T	W	T	F	S
12							
11							
10							
9							
8							
7							
6							
5							
4							
3							
2							
1							

Week #:

Dates:

How I Feel:
(Rate 1-10)

S _____

M _____

T _____

W _____

T _____

F _____

S _____

Weekly Average:

Steps

	S	M	T	W	T	F	S
15,000							
14,000							
13,000							
12,000							
11,000							
10,000							
9,000							
8,000							
7,000							
6,000							
5,000							
4,000							

Sips
(ounces)

	S	M	T	W	T	F	S
180	○	○	○	○	○	○	○
170	○	○	○	○	○	○	○
160	○	○	○	○	○	○	○
150	○	○	○	○	○	○	○
140	○	○	○	○	○	○	○
130	○	○	○	○	○	○	○
120	○	○	○	○	○	○	○
110	○	○	○	○	○	○	○
100	○	○	○	○	○	○	○
90	○	○	○	○	○	○	○
80	○	○	○	○	○	○	○
70	○	○	○	○	○	○	○
60	○	○	○	○	○	○	○
50	○	○	○	○	○	○	○
	○	○	○	○	○	○	○

Sleep
(hours)

	S	M	T	W	T	F	S
12							
11							
10							
9							
8							
7							
6							
5							
4							
3							
2							
1							

Week #:

Dates:

How I Feel:
(Rate 1-10)

S _____
M _____
T _____
W _____
T _____
F _____
S _____

Weekly Average:

Steps

	S	M	T	W	T	F	S
15,000							
14,000							
13,000							
12,000							
11,000							
10,000							
9,000							
8,000							
7,000							
6,000							
5,000							
4,000							

Sips
(ounces)

	S	M	T	W	T	F	S
180	O	O	O	O	O	O	O
170	O	O	O	O	O	O	O
160	O	O	O	O	O	O	O
150	O	O	O	O	O	O	O
140	O	O	O	O	O	O	O
130	O	O	O	O	O	O	O
120	O	O	O	O	O	O	O
110	O	O	O	O	O	O	O
100	O	O	O	O	O	O	O
90	O	O	O	O	O	O	O
80	O	O	O	O	O	O	O
70	O	O	O	O	O	O	O
60	O	O	O	O	O	O	O
50	O	O	O	O	O	O	O
	O	O	O	O	O	O	O

Sleep
(hours)

	S	M	T	W	T	F	S
12							
11							
10							
9							
8							
7							
6							
5							
4							
3							
2							
1							

Week #:

Dates:

How I Feel:
(Rate 1-10)

S _____

M _____

T _____

W _____

T _____

F _____

S _____

Weekly Average:

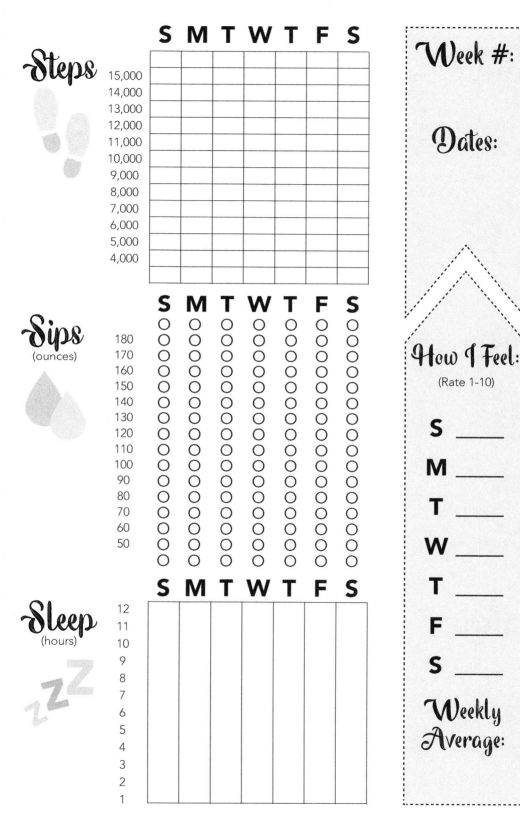

Steps

	S	M	T	W	T	F	S
15,000							
14,000							
13,000							
12,000							
11,000							
10,000							
9,000							
8,000							
7,000							
6,000							
5,000							
4,000							

Sips
(ounces)

	S	M	T	W	T	F	S
180	○	○	○	○	○	○	○
170	○	○	○	○	○	○	○
160	○	○	○	○	○	○	○
150	○	○	○	○	○	○	○
140	○	○	○	○	○	○	○
130	○	○	○	○	○	○	○
120	○	○	○	○	○	○	○
110	○	○	○	○	○	○	○
100	○	○	○	○	○	○	○
90	○	○	○	○	○	○	○
80	○	○	○	○	○	○	○
70	○	○	○	○	○	○	○
60	○	○	○	○	○	○	○
50	○	○	○	○	○	○	○
	○	○	○	○	○	○	○

Sleep
(hours)

	S	M	T	W	T	F	S
12							
11							
10							
9							
8							
7							
6							
5							
4							
3							
2							
1							

Week #:

Dates:

How I Feel:
(Rate 1-10)

S ____

M ____

T ____

W ____

T ____

F ____

S ____

Weekly Average:

Steps

	S	M	T	W	T	F	S
15,000							
14,000							
13,000							
12,000							
11,000							
10,000							
9,000							
8,000							
7,000							
6,000							
5,000							
4,000							

Sips
(ounces)

	S	M	T	W	T	F	S
180	O	O	O	O	O	O	O
170	O	O	O	O	O	O	O
160	O	O	O	O	O	O	O
150	O	O	O	O	O	O	O
140	O	O	O	O	O	O	O
130	O	O	O	O	O	O	O
120	O	O	O	O	O	O	O
110	O	O	O	O	O	O	O
100	O	O	O	O	O	O	O
90	O	O	O	O	O	O	O
80	O	O	O	O	O	O	O
70	O	O	O	O	O	O	O
60	O	O	O	O	O	O	O
50	O	O	O	O	O	O	O
	O	O	O	O	O	O	O

Sleep
(hours)

	S	M	T	W	T	F	S
12							
11							
10							
9							
8							
7							
6							
5							
4							
3							
2							
1							

Week #:

Dates:

How I Feel:
(Rate 1-10)

S _____

M _____

T _____

W _____

T _____

F _____

S _____

Weekly Average:

Steps

	S	M	T	W	T	F	S
15,000							
14,000							
13,000							
12,000							
11,000							
10,000							
9,000							
8,000							
7,000							
6,000							
5,000							
4,000							

Sips
(ounces)

	S	M	T	W	T	F	S
	○	○	○	○	○	○	○
180	○	○	○	○	○	○	○
170	○	○	○	○	○	○	○
160	○	○	○	○	○	○	○
150	○	○	○	○	○	○	○
140	○	○	○	○	○	○	○
130	○	○	○	○	○	○	○
120	○	○	○	○	○	○	○
110	○	○	○	○	○	○	○
100	○	○	○	○	○	○	○
90	○	○	○	○	○	○	○
80	○	○	○	○	○	○	○
70	○	○	○	○	○	○	○
60	○	○	○	○	○	○	○
50	○	○	○	○	○	○	○
	○	○	○	○	○	○	○

Sleep
(hours)

	S	M	T	W	T	F	S
12							
11							
10							
9							
8							
7							
6							
5							
4							
3							
2							
1							

Week #:

Dates:

How I Feel:
(Rate 1-10)

S ____

M ____

T ____

W ____

T ____

F ____

S ____

Weekly Average:

Steps

	S	M	T	W	T	F	S
15,000							
14,000							
13,000							
12,000							
11,000							
10,000							
9,000							
8,000							
7,000							
6,000							
5,000							
4,000							

Sips
(ounces)

	S	M	T	W	T	F	S
180	○	○	○	○	○	○	○
170	○	○	○	○	○	○	○
160	○	○	○	○	○	○	○
150	○	○	○	○	○	○	○
140	○	○	○	○	○	○	○
130	○	○	○	○	○	○	○
120	○	○	○	○	○	○	○
110	○	○	○	○	○	○	○
100	○	○	○	○	○	○	○
90	○	○	○	○	○	○	○
80	○	○	○	○	○	○	○
70	○	○	○	○	○	○	○
60	○	○	○	○	○	○	○
50	○	○	○	○	○	○	○
	○	○	○	○	○	○	○

Sleep
(hours)

	S	M	T	W	T	F	S
12							
11							
10							
9							
8							
7							
6							
5							
4							
3							
2							
1							

Week #:

Dates:

How I Feel:
(Rate 1-10)

S _____
M _____
T _____
W _____
T _____
F _____
S _____

Weekly Average:

Steps

	S	M	T	W	T	F	S
15,000							
14,000							
13,000							
12,000							
11,000							
10,000							
9,000							
8,000							
7,000							
6,000							
5,000							
4,000							

Sips
(ounces)

	S	M	T	W	T	F	S
180	○	○	○	○	○	○	○
170	○	○	○	○	○	○	○
160	○	○	○	○	○	○	○
150	○	○	○	○	○	○	○
140	○	○	○	○	○	○	○
130	○	○	○	○	○	○	○
120	○	○	○	○	○	○	○
110	○	○	○	○	○	○	○
100	○	○	○	○	○	○	○
90	○	○	○	○	○	○	○
80	○	○	○	○	○	○	○
70	○	○	○	○	○	○	○
60	○	○	○	○	○	○	○
50	○	○	○	○	○	○	○

Sleep
(hours)

	S	M	T	W	T	F	S
12							
11							
10							
9							
8							
7							
6							
5							
4							
3							
2							
1							

Week #:

Dates:

How I Feel:
(Rate 1-10)

S _____

M _____

T _____

W _____

T _____

F _____

S _____

Weekly Average:

Steps

	S	M	T	W	T	F	S
15,000							
14,000							
13,000							
12,000							
11,000							
10,000							
9,000							
8,000							
7,000							
6,000							
5,000							
4,000							

Sips
(ounces)

	S	M	T	W	T	F	S
180	O	O	O	O	O	O	O
170	O	O	O	O	O	O	O
160	O	O	O	O	O	O	O
150	O	O	O	O	O	O	O
140	O	O	O	O	O	O	O
130	O	O	O	O	O	O	O
120	O	O	O	O	O	O	O
110	O	O	O	O	O	O	O
100	O	O	O	O	O	O	O
90	O	O	O	O	O	O	O
80	O	O	O	O	O	O	O
70	O	O	O	O	O	O	O
60	O	O	O	O	O	O	O
50	O	O	O	O	O	O	O
	O	O	O	O	O	O	O

Sleep
(hours)

	S	M	T	W	T	F	S
12							
11							
10							
9							
8							
7							
6							
5							
4							
3							
2							
1							

Week #:

Dates:

How I Feel:
(Rate 1-10)

S _____

M _____

T _____

W _____

T _____

F _____

S _____

Weekly Average:

Steps

	S	M	T	W	T	F	S
15,000							
14,000							
13,000							
12,000							
11,000							
10,000							
9,000							
8,000							
7,000							
6,000							
5,000							
4,000							

Sips
(ounces)

	S	M	T	W	T	F	S
180	O	O	O	O	O	O	O
170	O	O	O	O	O	O	O
160	O	O	O	O	O	O	O
150	O	O	O	O	O	O	O
140	O	O	O	O	O	O	O
130	O	O	O	O	O	O	O
120	O	O	O	O	O	O	O
110	O	O	O	O	O	O	O
100	O	O	O	O	O	O	O
90	O	O	O	O	O	O	O
80	O	O	O	O	O	O	O
70	O	O	O	O	O	O	O
60	O	O	O	O	O	O	O
50	O	O	O	O	O	O	O
	O	O	O	O	O	O	O

Sleep
(hours)

	S	M	T	W	T	F	S
12							
11							
10							
9							
8							
7							
6							
5							
4							
3							
2							
1							

Week #:

Dates:

How I Feel:
(Rate 1-10)

S ____

M ____

T ____

W ____

T ____

F ____

S ____

Weekly Average:

Steps

	S	M	T	W	T	F	S
15,000							
14,000							
13,000							
12,000							
11,000							
10,000							
9,000							
8,000							
7,000							
6,000							
5,000							
4,000							

Sips
(ounces)

	S	M	T	W	T	F	S
180	O	O	O	O	O	O	O
170	O	O	O	O	O	O	O
160	O	O	O	O	O	O	O
150	O	O	O	O	O	O	O
140	O	O	O	O	O	O	O
130	O	O	O	O	O	O	O
120	O	O	O	O	O	O	O
110	O	O	O	O	O	O	O
100	O	O	O	O	O	O	O
90	O	O	O	O	O	O	O
80	O	O	O	O	O	O	O
70	O	O	O	O	O	O	O
60	O	O	O	O	O	O	O
50	O	O	O	O	O	O	O
	O	O	O	O	O	O	O

Sleep
(hours)

	S	M	T	W	T	F	S
12							
11							
10							
9							
8							
7							
6							
5							
4							
3							
2							
1							

Week #:

Dates:

How I Feel:
(Rate 1-10)

S _____

M _____

T _____

W _____

T _____

F _____

S _____

Weekly Average:

Steps

	S	M	T	W	T	F	S
15,000							
14,000							
13,000							
12,000							
11,000							
10,000							
9,000							
8,000							
7,000							
6,000							
5,000							
4,000							

Sips
(ounces)

	S	M	T	W	T	F	S
180	O	O	O	O	O	O	O
170	O	O	O	O	O	O	O
160	O	O	O	O	O	O	O
150	O	O	O	O	O	O	O
140	O	O	O	O	O	O	O
130	O	O	O	O	O	O	O
120	O	O	O	O	O	O	O
110	O	O	O	O	O	O	O
100	O	O	O	O	O	O	O
90	O	O	O	O	O	O	O
80	O	O	O	O	O	O	O
70	O	O	O	O	O	O	O
60	O	O	O	O	O	O	O
50	O	O	O	O	O	O	O

Sleep
(hours)

	S	M	T	W	T	F	S
12							
11							
10							
9							
8							
7							
6							
5							
4							
3							
2							
1							

Week #:

Dates:

How I Feel:
(Rate 1-10)

S _____

M _____

T _____

W _____

T _____

F _____

S _____

Weekly Average:

Steps

	S	M	T	W	T	F	S
15,000							
14,000							
13,000							
12,000							
11,000							
10,000							
9,000							
8,000							
7,000							
6,000							
5,000							
4,000							

Sips
(ounces)

	S	M	T	W	T	F	S
180	○	○	○	○	○	○	○
170	○	○	○	○	○	○	○
160	○	○	○	○	○	○	○
150	○	○	○	○	○	○	○
140	○	○	○	○	○	○	○
130	○	○	○	○	○	○	○
120	○	○	○	○	○	○	○
110	○	○	○	○	○	○	○
100	○	○	○	○	○	○	○
90	○	○	○	○	○	○	○
80	○	○	○	○	○	○	○
70	○	○	○	○	○	○	○
60	○	○	○	○	○	○	○
50	○	○	○	○	○	○	○

Sleep
(hours)

	S	M	T	W	T	F	S
12							
11							
10							
9							
8							
7							
6							
5							
4							
3							
2							
1							

Week #:

Dates:

How I Feel:
(Rate 1-10)

S ____
M ____
T ____
W ____
T ____
F ____
S ____

Weekly Average:

Steps

	S	M	T	W	T	F	S
15,000							
14,000							
13,000							
12,000							
11,000							
10,000							
9,000							
8,000							
7,000							
6,000							
5,000							
4,000							

Sips
(ounces)

	S	M	T	W	T	F	S
180	O	O	O	O	O	O	O
170	O	O	O	O	O	O	O
160	O	O	O	O	O	O	O
150	O	O	O	O	O	O	O
140	O	O	O	O	O	O	O
130	O	O	O	O	O	O	O
120	O	O	O	O	O	O	O
110	O	O	O	O	O	O	O
100	O	O	O	O	O	O	O
90	O	O	O	O	O	O	O
80	O	O	O	O	O	O	O
70	O	O	O	O	O	O	O
60	O	O	O	O	O	O	O
50	O	O	O	O	O	O	O
	O	O	O	O	O	O	O

Sleep
(hours)

	S	M	T	W	T	F	S
12							
11							
10							
9							
8							
7							
6							
5							
4							
3							
2							
1							

Week #:

Dates:

How I Feel:
(Rate 1-10)

S _____

M _____

T _____

W _____

T _____

F _____

S _____

Weekly Average:

Steps

	S	M	T	W	T	F	S
15,000							
14,000							
13,000							
12,000							
11,000							
10,000							
9,000							
8,000							
7,000							
6,000							
5,000							
4,000							

Sips (ounces)

	S	M	T	W	T	F	S
180	○	○	○	○	○	○	○
170	○	○	○	○	○	○	○
160	○	○	○	○	○	○	○
150	○	○	○	○	○	○	○
140	○	○	○	○	○	○	○
130	○	○	○	○	○	○	○
120	○	○	○	○	○	○	○
110	○	○	○	○	○	○	○
100	○	○	○	○	○	○	○
90	○	○	○	○	○	○	○
80	○	○	○	○	○	○	○
70	○	○	○	○	○	○	○
60	○	○	○	○	○	○	○
50	○	○	○	○	○	○	○

Sleep (hours)

	S	M	T	W	T	F	S
12							
11							
10							
9							
8							
7							
6							
5							
4							
3							
2							
1							

Week #:

Dates:

How I Feel:
(Rate 1-10)

S _____

M _____

T _____

W _____

T _____

F _____

S _____

Weekly Average:

Steps

	S	M	T	W	T	F	S
15,000							
14,000							
13,000							
12,000							
11,000							
10,000							
9,000							
8,000							
7,000							
6,000							
5,000							
4,000							

Sips
(ounces)

	S	M	T	W	T	F	S
180	O	O	O	O	O	O	O
170	O	O	O	O	O	O	O
160	O	O	O	O	O	O	O
150	O	O	O	O	O	O	O
140	O	O	O	O	O	O	O
130	O	O	O	O	O	O	O
120	O	O	O	O	O	O	O
110	O	O	O	O	O	O	O
100	O	O	O	O	O	O	O
90	O	O	O	O	O	O	O
80	O	O	O	O	O	O	O
70	O	O	O	O	O	O	O
60	O	O	O	O	O	O	O
50	O	O	O	O	O	O	O
	O	O	O	O	O	O	O

Sleep
(hours)

	S	M	T	W	T	F	S
12							
11							
10							
9							
8							
7							
6							
5							
4							
3							
2							
1							

Week #:

Dates:

How I Feel:
(Rate 1-10)

S _____

M _____

T _____

W _____

T _____

F _____

S _____

Weekly Average:

Steps

	S	M	T	W	T	F	S
15,000							
14,000							
13,000							
12,000							
11,000							
10,000							
9,000							
8,000							
7,000							
6,000							
5,000							
4,000							

Sips
(ounces)

	S	M	T	W	T	F	S
180	○	○	○	○	○	○	○
170	○	○	○	○	○	○	○
160	○	○	○	○	○	○	○
150	○	○	○	○	○	○	○
140	○	○	○	○	○	○	○
130	○	○	○	○	○	○	○
120	○	○	○	○	○	○	○
110	○	○	○	○	○	○	○
100	○	○	○	○	○	○	○
90	○	○	○	○	○	○	○
80	○	○	○	○	○	○	○
70	○	○	○	○	○	○	○
60	○	○	○	○	○	○	○
50	○	○	○	○	○	○	○

Sleep
(hours)

	S	M	T	W	T	F	S
12							
11							
10							
9							
8							
7							
6							
5							
4							
3							
2							
1							

Week #:

Dates:

How I Feel:
(Rate 1-10)

S ____

M ____

T ____

W ____

T ____

F ____

S ____

Weekly Average:

Steps

	S	M	T	W	T	F	S
15,000							
14,000							
13,000							
12,000							
11,000							
10,000							
9,000							
8,000							
7,000							
6,000							
5,000							
4,000							

Sips
(ounces)

	S	M	T	W	T	F	S
180	O	O	O	O	O	O	O
170	O	O	O	O	O	O	O
160	O	O	O	O	O	O	O
150	O	O	O	O	O	O	O
140	O	O	O	O	O	O	O
130	O	O	O	O	O	O	O
120	O	O	O	O	O	O	O
110	O	O	O	O	O	O	O
100	O	O	O	O	O	O	O
90	O	O	O	O	O	O	O
80	O	O	O	O	O	O	O
70	O	O	O	O	O	O	O
60	O	O	O	O	O	O	O
50	O	O	O	O	O	O	O
	O	O	O	O	O	O	O

Sleep
(hours)

	S	M	T	W	T	F	S
12							
11							
10							
9							
8							
7							
6							
5							
4							
3							
2							
1							

Week #:

Dates:

How I Feel:
(Rate 1-10)

S _____

M _____

T _____

W _____

T _____

F _____

S _____

Weekly Average:

Steps

	S	M	T	W	T	F	S
15,000							
14,000							
13,000							
12,000							
11,000							
10,000							
9,000							
8,000							
7,000							
6,000							
5,000							
4,000							

Sips (ounces)

	S	M	T	W	T	F	S
180	○	○	○	○	○	○	○
170	○	○	○	○	○	○	○
160	○	○	○	○	○	○	○
150	○	○	○	○	○	○	○
140	○	○	○	○	○	○	○
130	○	○	○	○	○	○	○
120	○	○	○	○	○	○	○
110	○	○	○	○	○	○	○
100	○	○	○	○	○	○	○
90	○	○	○	○	○	○	○
80	○	○	○	○	○	○	○
70	○	○	○	○	○	○	○
60	○	○	○	○	○	○	○
50	○	○	○	○	○	○	○
	○	○	○	○	○	○	○

Sleep (hours)

	S	M	T	W	T	F	S
12							
11							
10							
9							
8							
7							
6							
5							
4							
3							
2							
1							

Week #:

Dates:

How I Feel:
(Rate 1-10)

S ____

M ____

T ____

W ____

T ____

F ____

S ____

Weekly Average:

Steps

	S	M	T	W	T	F	S
15,000							
14,000							
13,000							
12,000							
11,000							
10,000							
9,000							
8,000							
7,000							
6,000							
5,000							
4,000							

Sips
(ounces)

	S	M	T	W	T	F	S
180	○	○	○	○	○	○	○
170	○	○	○	○	○	○	○
160	○	○	○	○	○	○	○
150	○	○	○	○	○	○	○
140	○	○	○	○	○	○	○
130	○	○	○	○	○	○	○
120	○	○	○	○	○	○	○
110	○	○	○	○	○	○	○
100	○	○	○	○	○	○	○
90	○	○	○	○	○	○	○
80	○	○	○	○	○	○	○
70	○	○	○	○	○	○	○
60	○	○	○	○	○	○	○
50	○	○	○	○	○	○	○

Sleep
(hours)

	S	M	T	W	T	F	S
12							
11							
10							
9							
8							
7							
6							
5							
4							
3							
2							
1							

Week #:

Dates:

How I Feel:
(Rate 1-10)

S ____
M ____
T ____
W ____
T ____
F ____
S ____

Weekly Average:

Steps

	S	M	T	W	T	F	S
15,000							
14,000							
13,000							
12,000							
11,000							
10,000							
9,000							
8,000							
7,000							
6,000							
5,000							
4,000							

Sips
(ounces)

	S	M	T	W	T	F	S
180	O	O	O	O	O	O	O
170	O	O	O	O	O	O	O
160	O	O	O	O	O	O	O
150	O	O	O	O	O	O	O
140	O	O	O	O	O	O	O
130	O	O	O	O	O	O	O
120	O	O	O	O	O	O	O
110	O	O	O	O	O	O	O
100	O	O	O	O	O	O	O
90	O	O	O	O	O	O	O
80	O	O	O	O	O	O	O
70	O	O	O	O	O	O	O
60	O	O	O	O	O	O	O
50	O	O	O	O	O	O	O

Sleep
(hours)

	S	M	T	W	T	F	S
12							
11							
10							
9							
8							
7							
6							
5							
4							
3							
2							
1							

Week #:

Dates:

How I Feel:
(Rate 1-10)

S ____
M ____
T ____
W ____
T ____
F ____
S ____

Weekly Average:

Steps

	S	M	T	W	T	F	S
15,000							
14,000							
13,000							
12,000							
11,000							
10,000							
9,000							
8,000							
7,000							
6,000							
5,000							
4,000							

Sips
(ounces)

	S	M	T	W	T	F	S
180	○	○	○	○	○	○	○
170	○	○	○	○	○	○	○
160	○	○	○	○	○	○	○
150	○	○	○	○	○	○	○
140	○	○	○	○	○	○	○
130	○	○	○	○	○	○	○
120	○	○	○	○	○	○	○
110	○	○	○	○	○	○	○
100	○	○	○	○	○	○	○
90	○	○	○	○	○	○	○
80	○	○	○	○	○	○	○
70	○	○	○	○	○	○	○
60	○	○	○	○	○	○	○
50	○	○	○	○	○	○	○
	○	○	○	○	○	○	○

Sleep
(hours)

	S	M	T	W	T	F	S
12							
11							
10							
9							
8							
7							
6							
5							
4							
3							
2							
1							

Week #:

Dates:

How I Feel:
(Rate 1-10)

S _____

M _____

T _____

W _____

T _____

F _____

S _____

Weekly Average:

Steps

	S	M	T	W	T	F	S
15,000							
14,000							
13,000							
12,000							
11,000							
10,000							
9,000							
8,000							
7,000							
6,000							
5,000							
4,000							

Sips
(ounces)

	S	M	T	W	T	F	S
180	○	○	○	○	○	○	○
170	○	○	○	○	○	○	○
160	○	○	○	○	○	○	○
150	○	○	○	○	○	○	○
140	○	○	○	○	○	○	○
130	○	○	○	○	○	○	○
120	○	○	○	○	○	○	○
110	○	○	○	○	○	○	○
100	○	○	○	○	○	○	○
90	○	○	○	○	○	○	○
80	○	○	○	○	○	○	○
70	○	○	○	○	○	○	○
60	○	○	○	○	○	○	○
50	○	○	○	○	○	○	○
	○	○	○	○	○	○	○

Sleep
(hours)

	S	M	T	W	T	F	S
12							
11							
10							
9							
8							
7							
6							
5							
4							
3							
2							
1							

Week #:

Dates:

How I Feel:
(Rate 1-10)

S _____

M _____

T _____

W _____

T _____

F _____

S _____

Weekly Average:

Steps

	S	M	T	W	T	F	S
15,000							
14,000							
13,000							
12,000							
11,000							
10,000							
9,000							
8,000							
7,000							
6,000							
5,000							
4,000							

Sips
(ounces)

	S	M	T	W	T	F	S
	○	○	○	○	○	○	○
180	○	○	○	○	○	○	○
170	○	○	○	○	○	○	○
160	○	○	○	○	○	○	○
150	○	○	○	○	○	○	○
140	○	○	○	○	○	○	○
130	○	○	○	○	○	○	○
120	○	○	○	○	○	○	○
110	○	○	○	○	○	○	○
100	○	○	○	○	○	○	○
90	○	○	○	○	○	○	○
80	○	○	○	○	○	○	○
70	○	○	○	○	○	○	○
60	○	○	○	○	○	○	○
50	○	○	○	○	○	○	○
	○	○	○	○	○	○	○

Sleep
(hours)

	S	M	T	W	T	F	S
12							
11							
10							
9							
8							
7							
6							
5							
4							
3							
2							
1							

Week #:

Dates:

How I Feel:
(Rate 1-10)

S _____

M _____

T _____

W _____

T _____

F _____

S _____

Weekly Average:

Steps

	S	M	T	W	T	F	S
15,000							
14,000							
13,000							
12,000							
11,000							
10,000							
9,000							
8,000							
7,000							
6,000							
5,000							
4,000							

Sips
(ounces)

	S	M	T	W	T	F	S
180	○	○	○	○	○	○	○
170	○	○	○	○	○	○	○
160	○	○	○	○	○	○	○
150	○	○	○	○	○	○	○
140	○	○	○	○	○	○	○
130	○	○	○	○	○	○	○
120	○	○	○	○	○	○	○
110	○	○	○	○	○	○	○
100	○	○	○	○	○	○	○
90	○	○	○	○	○	○	○
80	○	○	○	○	○	○	○
70	○	○	○	○	○	○	○
60	○	○	○	○	○	○	○
50	○	○	○	○	○	○	○
	○	○	○	○	○	○	○

Sleep
(hours)

	S	M	T	W	T	F	S
12							
11							
10							
9							
8							
7							
6							
5							
4							
3							
2							
1							

Week #:

Dates:

How I Feel:
(Rate 1-10)

S _____

M _____

T _____

W _____

T _____

F _____

S _____

Weekly Average:

Steps

	S	M	T	W	T	F	S
15,000							
14,000							
13,000							
12,000							
11,000							
10,000							
9,000							
8,000							
7,000							
6,000							
5,000							
4,000							

Sips
(ounces)

	S	M	T	W	T	F	S
180	○	○	○	○	○	○	○
170	○	○	○	○	○	○	○
160	○	○	○	○	○	○	○
150	○	○	○	○	○	○	○
140	○	○	○	○	○	○	○
130	○	○	○	○	○	○	○
120	○	○	○	○	○	○	○
110	○	○	○	○	○	○	○
100	○	○	○	○	○	○	○
90	○	○	○	○	○	○	○
80	○	○	○	○	○	○	○
70	○	○	○	○	○	○	○
60	○	○	○	○	○	○	○
50	○	○	○	○	○	○	○
	○	○	○	○	○	○	○

Sleep
(hours)

	S	M	T	W	T	F	S
12							
11							
10							
9							
8							
7							
6							
5							
4							
3							
2							
1							

Week #:

Dates:

How I Feel:
(Rate 1-10)

S ____

M ____

T ____

W ____

T ____

F ____

S ____

Weekly Average:

Steps

	S	M	T	W	T	F	S
15,000							
14,000							
13,000							
12,000							
11,000							
10,000							
9,000							
8,000							
7,000							
6,000							
5,000							
4,000							

Sips
(ounces)

	S	M	T	W	T	F	S
180	O	O	O	O	O	O	O
170	O	O	O	O	O	O	O
160	O	O	O	O	O	O	O
150	O	O	O	O	O	O	O
140	O	O	O	O	O	O	O
130	O	O	O	O	O	O	O
120	O	O	O	O	O	O	O
110	O	O	O	O	O	O	O
100	O	O	O	O	O	O	O
90	O	O	O	O	O	O	O
80	O	O	O	O	O	O	O
70	O	O	O	O	O	O	O
60	O	O	O	O	O	O	O
50	O	O	O	O	O	O	O

Sleep
(hours)

	S	M	T	W	T	F	S
12							
11							
10							
9							
8							
7							
6							
5							
4							
3							
2							
1							

Week #:

Dates:

How I Feel:
(Rate 1-10)

S _____
M _____
T _____
W _____
T _____
F _____
S _____

Weekly Average:

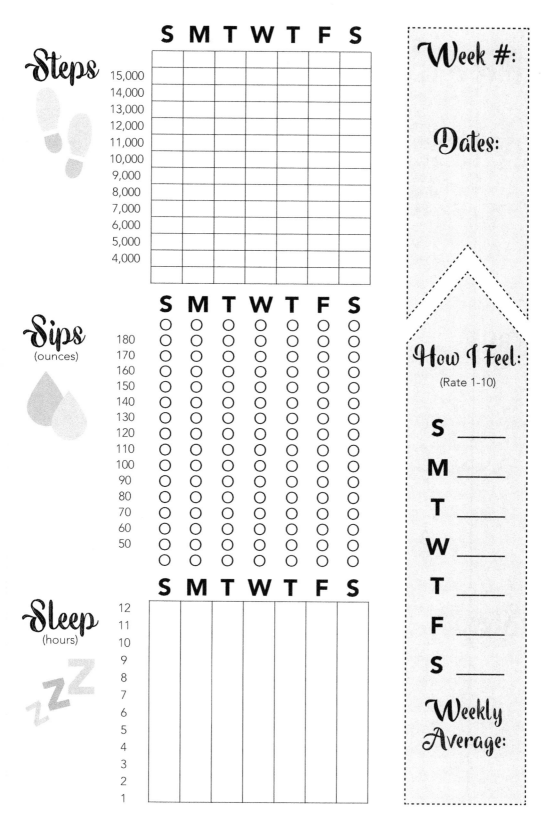

Steps

	S	M	T	W	T	F	S
15,000							
14,000							
13,000							
12,000							
11,000							
10,000							
9,000							
8,000							
7,000							
6,000							
5,000							
4,000							

Sips
(ounces)

	S	M	T	W	T	F	S
180	O	O	O	O	O	O	O
170	O	O	O	O	O	O	O
160	O	O	O	O	O	O	O
150	O	O	O	O	O	O	O
140	O	O	O	O	O	O	O
130	O	O	O	O	O	O	O
120	O	O	O	O	O	O	O
110	O	O	O	O	O	O	O
100	O	O	O	O	O	O	O
90	O	O	O	O	O	O	O
80	O	O	O	O	O	O	O
70	O	O	O	O	O	O	O
60	O	O	O	O	O	O	O
50	O	O	O	O	O	O	O
	O	O	O	O	O	O	O

Sleep
(hours)

	S	M	T	W	T	F	S
12							
11							
10							
9							
8							
7							
6							
5							
4							
3							
2							
1							

Week #:

Dates:

How I Feel:
(Rate 1-10)

S _____
M _____
T _____
W _____
T _____
F _____
S _____

Weekly Average:

Steps

	S	M	T	W	T	F	S
15,000							
14,000							
13,000							
12,000							
11,000							
10,000							
9,000							
8,000							
7,000							
6,000							
5,000							
4,000							

Sips
(ounces)

	S	M	T	W	T	F	S
180	O	O	O	O	O	O	O
170	O	O	O	O	O	O	O
160	O	O	O	O	O	O	O
150	O	O	O	O	O	O	O
140	O	O	O	O	O	O	O
130	O	O	O	O	O	O	O
120	O	O	O	O	O	O	O
110	O	O	O	O	O	O	O
100	O	O	O	O	O	O	O
90	O	O	O	O	O	O	O
80	O	O	O	O	O	O	O
70	O	O	O	O	O	O	O
60	O	O	O	O	O	O	O
50	O	O	O	O	O	O	O
	O	O	O	O	O	O	O

Sleep
(hours)

	S	M	T	W	T	F	S
12							
11							
10							
9							
8							
7							
6							
5							
4							
3							
2							
1							

Week #:

Dates:

How I Feel:
(Rate 1-10)

S _____

M _____

T _____

W _____

T _____

F _____

S _____

Weekly Average:

Steps

	S	M	T	W	T	F	S
15,000							
14,000							
13,000							
12,000							
11,000							
10,000							
9,000							
8,000							
7,000							
6,000							
5,000							
4,000							

Sips
(ounces)

	S	M	T	W	T	F	S
180	○	○	○	○	○	○	○
170	○	○	○	○	○	○	○
160	○	○	○	○	○	○	○
150	○	○	○	○	○	○	○
140	○	○	○	○	○	○	○
130	○	○	○	○	○	○	○
120	○	○	○	○	○	○	○
110	○	○	○	○	○	○	○
100	○	○	○	○	○	○	○
90	○	○	○	○	○	○	○
80	○	○	○	○	○	○	○
70	○	○	○	○	○	○	○
60	○	○	○	○	○	○	○
50	○	○	○	○	○	○	○
	○	○	○	○	○	○	○

Sleep
(hours)

	S	M	T	W	T	F	S
12							
11							
10							
9							
8							
7							
6							
5							
4							
3							
2							
1							

Week #:

Dates:

How I Feel:
(Rate 1-10)

S _____

M _____

T _____

W _____

T _____

F _____

S _____

Weekly Average:

Steps

	S	M	T	W	T	F	S
15,000							
14,000							
13,000							
12,000							
11,000							
10,000							
9,000							
8,000							
7,000							
6,000							
5,000							
4,000							

Sips
(ounces)

	S	M	T	W	T	F	S
180	○	○	○	○	○	○	○
170	○	○	○	○	○	○	○
160	○	○	○	○	○	○	○
150	○	○	○	○	○	○	○
140	○	○	○	○	○	○	○
130	○	○	○	○	○	○	○
120	○	○	○	○	○	○	○
110	○	○	○	○	○	○	○
100	○	○	○	○	○	○	○
90	○	○	○	○	○	○	○
80	○	○	○	○	○	○	○
70	○	○	○	○	○	○	○
60	○	○	○	○	○	○	○
50	○	○	○	○	○	○	○
	○	○	○	○	○	○	○

Sleep
(hours)

	S	M	T	W	T	F	S
12							
11							
10							
9							
8							
7							
6							
5							
4							
3							
2							
1							

Week #:

Dates:

How I Feel:
(Rate 1-10)

S _____
M _____
T _____
W _____
T _____
F _____
S _____

Weekly
Average:

Steps

	S	M	T	W	T	F	S
15,000							
14,000							
13,000							
12,000							
11,000							
10,000							
9,000							
8,000							
7,000							
6,000							
5,000							
4,000							

Sips (ounces)

	S	M	T	W	T	F	S
180	○	○	○	○	○	○	○
170	○	○	○	○	○	○	○
160	○	○	○	○	○	○	○
150	○	○	○	○	○	○	○
140	○	○	○	○	○	○	○
130	○	○	○	○	○	○	○
120	○	○	○	○	○	○	○
110	○	○	○	○	○	○	○
100	○	○	○	○	○	○	○
90	○	○	○	○	○	○	○
80	○	○	○	○	○	○	○
70	○	○	○	○	○	○	○
60	○	○	○	○	○	○	○
50	○	○	○	○	○	○	○

Sleep (hours)

	S	M	T	W	T	F	S
12							
11							
10							
9							
8							
7							
6							
5							
4							
3							
2							
1							

Week #:

Dates:

How I Feel:
(Rate 1-10)

S ____

M ____

T ____

W ____

T ____

F ____

S ____

Weekly Average:

Steps

	S	M	T	W	T	F	S
15,000							
14,000							
13,000							
12,000							
11,000							
10,000							
9,000							
8,000							
7,000							
6,000							
5,000							
4,000							

Sips
(ounces)

	S	M	T	W	T	F	S
180	O	O	O	O	O	O	O
170	O	O	O	O	O	O	O
160	O	O	O	O	O	O	O
150	O	O	O	O	O	O	O
140	O	O	O	O	O	O	O
130	O	O	O	O	O	O	O
120	O	O	O	O	O	O	O
110	O	O	O	O	O	O	O
100	O	O	O	O	O	O	O
90	O	O	O	O	O	O	O
80	O	O	O	O	O	O	O
70	O	O	O	O	O	O	O
60	O	O	O	O	O	O	O
50	O	O	O	O	O	O	O
	O	O	O	O	O	O	O

Sleep
(hours)

	S	M	T	W	T	F	S
12							
11							
10							
9							
8							
7							
6							
5							
4							
3							
2							
1							

Week #:

Dates:

How I Feel:
(Rate 1-10)

S _____

M _____

T _____

W _____

T _____

F _____

S _____

Weekly Average:

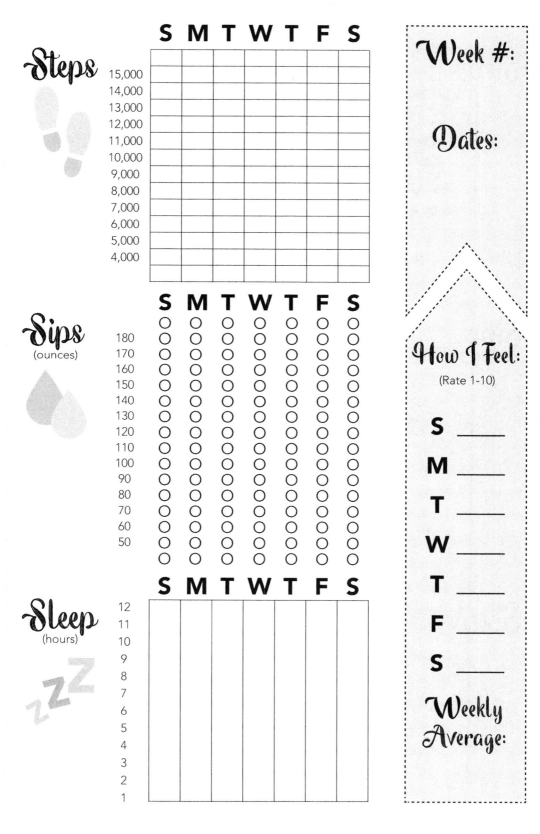

Steps

	S	M	T	W	T	F	S
15,000							
14,000							
13,000							
12,000							
11,000							
10,000							
9,000							
8,000							
7,000							
6,000							
5,000							
4,000							

Sips
(ounces)

	S	M	T	W	T	F	S
180	○	○	○	○	○	○	○
170	○	○	○	○	○	○	○
160	○	○	○	○	○	○	○
150	○	○	○	○	○	○	○
140	○	○	○	○	○	○	○
130	○	○	○	○	○	○	○
120	○	○	○	○	○	○	○
110	○	○	○	○	○	○	○
100	○	○	○	○	○	○	○
90	○	○	○	○	○	○	○
80	○	○	○	○	○	○	○
70	○	○	○	○	○	○	○
60	○	○	○	○	○	○	○
50	○	○	○	○	○	○	○
	○	○	○	○	○	○	○

Sleep
(hours)

	S	M	T	W	T	F	S
12							
11							
10							
9							
8							
7							
6							
5							
4							
3							
2							
1							

Week #:

Dates:

How I Feel:
(Rate 1-10)

S _____
M _____
T _____
W _____
T _____
F _____
S _____

Weekly Average:

Steps

	S	M	T	W	T	F	S
15,000							
14,000							
13,000							
12,000							
11,000							
10,000							
9,000							
8,000							
7,000							
6,000							
5,000							
4,000							

Sips
(ounces)

	S	M	T	W	T	F	S
180	O	O	O	O	O	O	O
170	O	O	O	O	O	O	O
160	O	O	O	O	O	O	O
150	O	O	O	O	O	O	O
140	O	O	O	O	O	O	O
130	O	O	O	O	O	O	O
120	O	O	O	O	O	O	O
110	O	O	O	O	O	O	O
100	O	O	O	O	O	O	O
90	O	O	O	O	O	O	O
80	O	O	O	O	O	O	O
70	O	O	O	O	O	O	O
60	O	O	O	O	O	O	O
50	O	O	O	O	O	O	O
	O	O	O	O	O	O	O

Sleep
(hours)

	S	M	T	W	T	F	S
12							
11							
10							
9							
8							
7							
6							
5							
4							
3							
2							
1							

Week #:

Dates:

How I Feel:
(Rate 1-10)

S _____
M _____
T _____
W _____
T _____
F _____
S _____

Weekly Average:

Steps

	S	M	T	W	T	F	S
15,000							
14,000							
13,000							
12,000							
11,000							
10,000							
9,000							
8,000							
7,000							
6,000							
5,000							
4,000							

Sips
(ounces)

	S	M	T	W	T	F	S
180	O	O	O	O	O	O	O
170	O	O	O	O	O	O	O
160	O	O	O	O	O	O	O
150	O	O	O	O	O	O	O
140	O	O	O	O	O	O	O
130	O	O	O	O	O	O	O
120	O	O	O	O	O	O	O
110	O	O	O	O	O	O	O
100	O	O	O	O	O	O	O
90	O	O	O	O	O	O	O
80	O	O	O	O	O	O	O
70	O	O	O	O	O	O	O
60	O	O	O	O	O	O	O
50	O	O	O	O	O	O	O

Sleep
(hours)

	S	M	T	W	T	F	S
12							
11							
10							
9							
8							
7							
6							
5							
4							
3							
2							
1							

Week #:

Dates:

How I Feel:
(Rate 1-10)

S _____

M _____

T _____

W _____

T _____

F _____

S _____

Weekly Average:

Steps

	S	M	T	W	T	F	S
15,000							
14,000							
13,000							
12,000							
11,000							
10,000							
9,000							
8,000							
7,000							
6,000							
5,000							
4,000							

Sips (ounces)

	S	M	T	W	T	F	S
	O	O	O	O	O	O	O
180	O	O	O	O	O	O	O
170	O	O	O	O	O	O	O
160	O	O	O	O	O	O	O
150	O	O	O	O	O	O	O
140	O	O	O	O	O	O	O
130	O	O	O	O	O	O	O
120	O	O	O	O	O	O	O
110	O	O	O	O	O	O	O
100	O	O	O	O	O	O	O
90	O	O	O	O	O	O	O
80	O	O	O	O	O	O	O
70	O	O	O	O	O	O	O
60	O	O	O	O	O	O	O
50	O	O	O	O	O	O	O
	O	O	O	O	O	O	O

Sleep (hours)

	S	M	T	W	T	F	S
12							
11							
10							
9							
8							
7							
6							
5							
4							
3							
2							
1							

Week #:

Dates:

How I Feel:
(Rate 1-10)

S _____

M _____

T _____

W _____

T _____

F _____

S _____

Weekly Average:

Steps

	S	M	T	W	T	F	S
15,000							
14,000							
13,000							
12,000							
11,000							
10,000							
9,000							
8,000							
7,000							
6,000							
5,000							
4,000							

Sips
(ounces)

	S	M	T	W	T	F	S
180	○	○	○	○	○	○	○
170	○	○	○	○	○	○	○
160	○	○	○	○	○	○	○
150	○	○	○	○	○	○	○
140	○	○	○	○	○	○	○
130	○	○	○	○	○	○	○
120	○	○	○	○	○	○	○
110	○	○	○	○	○	○	○
100	○	○	○	○	○	○	○
90	○	○	○	○	○	○	○
80	○	○	○	○	○	○	○
70	○	○	○	○	○	○	○
60	○	○	○	○	○	○	○
50	○	○	○	○	○	○	○
	○	○	○	○	○	○	○

Sleep
(hours)

	S	M	T	W	T	F	S
12							
11							
10							
9							
8							
7							
6							
5							
4							
3							
2							
1							

Week #:

Dates:

How I Feel:
(Rate 1-10)

S ____
M ____
T ____
W ____
T ____
F ____
S ____

Weekly Average:

Steps

	S	M	T	W	T	F	S
15,000							
14,000							
13,000							
12,000							
11,000							
10,000							
9,000							
8,000							
7,000							
6,000							
5,000							
4,000							

Sips
(ounces)

	S	M	T	W	T	F	S
180	O	O	O	O	O	O	O
170	O	O	O	O	O	O	O
160	O	O	O	O	O	O	O
150	O	O	O	O	O	O	O
140	O	O	O	O	O	O	O
130	O	O	O	O	O	O	O
120	O	O	O	O	O	O	O
110	O	O	O	O	O	O	O
100	O	O	O	O	O	O	O
90	O	O	O	O	O	O	O
80	O	O	O	O	O	O	O
70	O	O	O	O	O	O	O
60	O	O	O	O	O	O	O
50	O	O	O	O	O	O	O
	O	O	O	O	O	O	O

Sleep
(hours)

	S	M	T	W	T	F	S
12							
11							
10							
9							
8							
7							
6							
5							
4							
3							
2							
1							

Week #:

Dates:

How I Feel:
(Rate 1-10)

S ____

M ____

T ____

W ____

T ____

F ____

S ____

Weekly Average:

Steps

	S	M	T	W	T	F	S
15,000							
14,000							
13,000							
12,000							
11,000							
10,000							
9,000							
8,000							
7,000							
6,000							
5,000							
4,000							

Sips
(ounces)

	S	M	T	W	T	F	S
180	O	O	O	O	O	O	O
170	O	O	O	O	O	O	O
160	O	O	O	O	O	O	O
150	O	O	O	O	O	O	O
140	O	O	O	O	O	O	O
130	O	O	O	O	O	O	O
120	O	O	O	O	O	O	O
110	O	O	O	O	O	O	O
100	O	O	O	O	O	O	O
90	O	O	O	O	O	O	O
80	O	O	O	O	O	O	O
70	O	O	O	O	O	O	O
60	O	O	O	O	O	O	O
50	O	O	O	O	O	O	O
	O	O	O	O	O	O	O

Sleep
(hours)

	S	M	T	W	T	F	S
12							
11							
10							
9							
8							
7							
6							
5							
4							
3							
2							
1							

Week #:

Dates:

How I Feel:
(Rate 1-10)

S _____

M _____

T _____

W _____

T _____

F _____

S _____

Weekly Average:

Steps

	S	M	T	W	T	F	S
15,000							
14,000							
13,000							
12,000							
11,000							
10,000							
9,000							
8,000							
7,000							
6,000							
5,000							
4,000							

Sips
(ounces)

	S	M	T	W	T	F	S
180	○	○	○	○	○	○	○
170	○	○	○	○	○	○	○
160	○	○	○	○	○	○	○
150	○	○	○	○	○	○	○
140	○	○	○	○	○	○	○
130	○	○	○	○	○	○	○
120	○	○	○	○	○	○	○
110	○	○	○	○	○	○	○
100	○	○	○	○	○	○	○
90	○	○	○	○	○	○	○
80	○	○	○	○	○	○	○
70	○	○	○	○	○	○	○
60	○	○	○	○	○	○	○
50	○	○	○	○	○	○	○

Sleep
(hours)

	S	M	T	W	T	F	S
12							
11							
10							
9							
8							
7							
6							
5							
4							
3							
2							
1							

Week #:

Dates:

How I Feel:
(Rate 1-10)

S ____

M ____

T ____

W ____

T ____

F ____

S ____

Weekly Average: